LLÊN
GOLYGYDD: J. E.

Yr Athro J. R. Jones

E. R. Lloyd-Jones

GWASG PANTYCELYN

© Gwasg Pantycelyn 1997

ISBN 1 874786 56 9

Dymuna'r cyhoeddwyr gydnabod yn ddiolchgar
gefnogaeth ariannol Cyngor Celfyddydau Cymru.

Argraffwyd gan Wasg Pantycelyn, Caernarfon

CYNNWYS

	tud.
Rhagair	5
I Cyflwyniad	7
II Cristionogaeth	12
III Cymdeithas	35
IV Cenedl	64
Llyfryddiaeth	96

RHAGAIR

Mae arnaf ddyletswydd yn y lle cyntaf i gydnabod yr Athro J. E. Caerwyn Williams am y cyfle i gyfrannu i'r gyfres *Llên y Llenor*. 'Roedd yn wahoddiad cwbwl annisgwyl ac yn fraint anghyffredin.

'Roeddwn wedi darllen *Credaf*, y gyfrol o dystiolaeth Gristnogol a olygwyd gan Y Parch. J. E. Meredith, yn ystod fy nhymor yn Ysgol Ramadeg Pwllheli. Aeth dwy ysgrif â'm bryd – yr eiddo Gwenallt a'r Athro J. R. Jones. Pan ddaeth *Ac Onide* i olau dydd, ac wedyn *Dan Sylw*, a gynhwysai gyfweliad teledu J. R. Jones â Gwyn Erfyl, 'roedd fy niddordeb yn ei safbwynt wedi ei ailgynnau. Ni flinais ar atgoffa fy mhobl dros y blynyddoedd o'r hyn yr oedd ganddo i'w ddweud.

Clywswn fy nhad a'm mam yn sôn gydag edmygedd am 'John Robat, Y Rhondda' (enw ar dŷ bwyta yn Stryd Penlan, Pwllheli a oedd yn cael ei gadw gan ei fam). Bu'n annerch, neu bregethu, mewn Sasiwn ym Mhwllheli a'r hyn a erys yn y cof o'r traethu hwnnw yw'r angerdd, y dwyster a'r difrifoldeb. Gobeithio bod y cyflwyniad a'r dehongliad yma'n deilwng o'r Athro J. R. Jones.

Gwn, o brofiad sydd wedi bod yn wythnosol bellach ers dros ddwy flynedd, am raen a theilyngdod y gwaith argraffu yng Ngwasg Pantycelyn.

E. R. Lloyd-Jones.

I
CYFLWYNIAD

Mae gwareiddiad sy'n rhoi bri ar yr arbenigwr a'i godi i fod ar bedestl yn dueddol o rannu bywyd a'i wthio i adrannau. Y broblem a'i hwyneba wedyn yw cael yr arbenigwyr i siarad â'i gilydd a chael un gwreiddyn i rwymo'r cyfan ynghyd. Mae'r broblem hon yn ei hamlygu ei hun yng ngweithiau J. R. Jones mewn ffordd benodol a thechnegol drwy'r sylw a rydd i syniadau'r athronydd Platon. Hanfod meddwl aruchel Platon oedd yr ymdeimlad ag ystyr y byd fel cyfanbeth a diolch amdano. Mae'n wir fod y mudiad a fu'n cyhoeddi bod Duw wedi marw yn fygythiad i 'gyfaredd y cyfan', a defnyddio ymadrodd Pennar Davies mewn trafodaeth ar gyfraniad athronyddol-ddiwinyddol J. R. Jones. Ond daeth y broblem i'r wyneb eilwaith mewn traethawd gan J. R. Jones, 'Gwirionedd ac Ystyr', lle mae'n dweud fel hyn:

> Yn y syniad hwn – o gael gafaelyd ynom gan rywbeth sydd, nid yn Fod, ond yn ddyfnder ystyr Bodolaeth – y gwelaf fi'r unig ffordd bellach i'n gwareiddiad wneud synnwyr o grefydd. Credaf, mewn geiriau eraill, fod dydd llythrenoldeb metaffisegol mewn crefydd ar ben. [*Saith Ysgrif ar Grefydd*, t.57].

Os deall y byd yn ei rannau a wna gwyddoniaeth, rhagorfraint crefydd yw ymgolli yn y Cyfan.

'Rydym yn gweld hyn ar wastad mwy ymarferol yng ngwaith a bywyd J. R. Jones. Athronydd ac Athro Athroniaeth ydoedd wrth ei broffes. Bu'n fyfyriwr yng Ngholeg y Brifysgol Aberystwyth gan ennill gradd anrhydedd dosbarth cyntaf yn ei bwnc. Aeth ymlaen i wneud ymchwil a chael gradd M.A. am draethawd, 'Scientia Intuitiva and the concrete universal'. Gadawodd Aberystwyth am Goleg Balliol, Rhydychen lle'r enillodd Ddoethuriaeth am draethawd, 'A Re-examination of Questions at issue between Idealists with regard to Subject-Object Relation and the Nature of Mind'. Dychwelodd yn ddarlithydd i Aberystwyth yn 1939 a'i benodi yn 1952 i Gadair Athroniaeth yng Ngoleg y Brifysgol, Abertawe. Yno y bu hyd 1970 pan fu farw o gansar ar Fehefin 3ydd. Yr hyn a aeth â'i fryd oedd statws y cyffredinolion yn eu perthynas â'r pethau unigol, problem natur, a 'mawr ddirgelwch yr hunan', y peth a oedd yn medru dweud 'myfi'. Galwodd J. R. Jones y diddordeb hwn yn "ddiddordeb pur, diddordeb y purydd mewn cwestiynau metaffisegol . . . cwestiwn athronyddol pur, sych, dim cagla o'i gwmpas." (*Dan Sylw*, t.136). Pe bai wedi ymgyfyngu i'r maes, byddai wedi aros heb fod yn ddim mwy na ffigur parchus o fewn academia ac yn arbenigwr a fynnai siarad ag arbenigwyr o fewn yr un maes. Ond gwrthododd wneud hynny. Gwrthododd fod yn burydd a mynnu bod ei ddiddordeb puryddol yn cael ei gysylltu â meysydd y tu allan i hynny. Dyma ddisgrifiad Gwyn Erfyl ohono:

> . . . J. R. Jones – athronydd, pregethwr, heddychwr, cenedlaetholwr. Y fo oedd o ymhob mynegiant, ymhob disgyblaeth wahanol. [*Cofio J.R.*, t.1]

Dylid nodi wrth fynd heibio fod Dewi Z. Phillips yn tynnu sylw at y perygl o adranoli diddordebau J. R. Jones (gw. *J. R. Jones, Writers of Wales*, t.1-2). 'Roedd yn 'gymeriad mor amlganghennog' gyda'r canlyniad mai'r dasg oedd canfod gwreiddyn i glymu'r cyfan. Dyma'r modd y mae J. R. Jones ei hun yn egluro sut y bu iddo ymwrthod â'r demtasiwn o fod yn burydd:

> . . . 'ryda'ch chi'n gweld, 'rown i'n dal i deimlo TYNFA dolur dyn, a 'fedrwn i lai wedyn na gadael i'm hathroniaeth i, fel peth personol, dywallt trosodd i gwestiynau oedd yn cael eu cau allan gan yr ysgol a'r ffasiwn yma da' chi'n gweld.
> [*Dan Sylw*, t.136].

Hyn a'i gwnaeth yn broffwyd i'r genedl, 'a'r "Pregethwr par excellence" yw'r proffwyd . . .', meddai Caerwyn Williams [*Traethodydd*, Hydref 1970, t.203]. 'Roedd yn rhwym dyfynnu'r geiriau hyn amdano, oherwydd iddo gychwyn fel ymgeisydd gyda'r Methodistiaid Calfinaidd. Daliodd i fod yn un o 'bregethwyr' ei enwad i'r diwedd. Mae'r ffin rhwng y pregethwr a'r athronydd yn siŵr o fod yn denau pan fo'r athronydd yn gwrthod cymryd ei gaethiwo gan ei athroniaeth buryddol a mynnu ceisio creu cyfanrwydd.

Daw arwyddocâd hyn i'r amlwg o'i gymharu â Dewi Z. Phillips, ei olynydd yng Nghadair Athroniaeth Abertawe. Awgrymodd Gwyn Erfyl, mewn sgwrs deledu rhyngddo a Dewi Z. Phillips, ei fod yn trafod pethau mewn cylch cyfrin ac nad yw'n cyfarch cymdeithas gyfan:

> Fe soniais yn gynharach am dŵr ifori: gaf fi gysylltu hun â'ch rhagflaenydd chi, yr Athro J. R. Jones? 'Rwan, fe ddaeth J.R. , yn enwedig yn y blynyddoedd olaf, allan o'i dŵr i drafod tynged cenedl, ei dyfodol hi a hefyd ei chred hi. Dych chi ddim yn credu yn y math yma o swyddogaeth o gwbwl: yn yr ystyr yma, dydych chi ddim wedi dilyn J.R.
> [*Credaf*, 1985, t.83]

Gwrthod y twˆr ifori a wna Dewi Z. Phillips, a diffinio'r arweiniad y mae'n ei gynnig yn y modd hwn:

> Dim ond y math o arweiniad a ddaw o fod yn glir: heb eglurder gall y canlyniadau fod yn drychinebus.
> [ibid., t.85]

Am iddo ymwrthod â phuryddiaeth athronyddol, mae meddwl J. R. Jones yn amlganghennog ac yntau ei hun yn bregethwr, heddychwr, a chenedlaetholwr. Y broblem wedyn yw'r gwreiddyn sy'n clymu popeth yn un a chyfan.

Mae cynnwys cyfrol ar athronydd yng nghyfres 'Llên y Llenor' yn ddatblygiad pellach ar y mater a'r broblem. Mae llenyddiaeth yn derm mor gynhwysfawr, o farddoniaeth i ryddiaith, o nofel i gasgliad o bregethau, o stori fer i erthygl, o gasgliad o awdlau a phryddestau cadeiriol a choronog i gasgliad o ysgrifau newyddiadurol. A dyma'r llyfryn hwn yn y gyfres hon yn gosod yr athronydd ym mysg y llenorion. Wrth gwrs, gall yr athronydd fel y llenor fod yn trafod yr un maes ond o safbwynt a rhagolwg gwahanol. Mae D. Tecwyn Lloyd yn disgrifio taith tros rostir uchel sy'n ymestyn o Lanwrtyd am Beulah, Pontnewydd-ar-Wy, a Llandrindod ac yn gweld enw fel Troedrhiwdalar. Canodd hyn gloch bell yn ei feddwl a âi ag ef yn ôl ddwy ganrif a hanner at Dafydd Jones o Gaeo. Dyma'i sylw:

> A chymdeithas Gymraeg. Heb iaith sy'n costrelu a hefyd yn eplesu'r pethau hyn i gyd, ni ellir cenedl; ni ellir gwarineb. Nid Cymry sydd yn Nhroedrhiwdalar heddiw ac am hynny peidiodd pob sôn am ý lle. [T*aliesin*, Gorffennaf 1979, t.6]

Mae'n werth gosod y geiriau sydd gan J. R. Jones i'w dweud ochr yn ochr â hyn. Gofynnodd pa niwed a wneid pe bai un crynhoad ar y byd mewn un iaith yn mynd i golli? Ei ateb yw:

> ... am fod yna ddarn o'r ddynolryw wedi gwreiddio yn y crynhoad hwn – wedi meddiannu'r byd yn fychanfyd drwyddo. O'i golli fe'i gadewid hwy a'u plant am genedlaethau yn ddiwreiddiedig ... yn anwareiddiedig, er hynny, yn yr ystyr sylfaenol na wyddant mwyach pwy fyddant yn Amgylchfyd yr Oesoedd. *Canys nid Saeson fyddant.* [*Gwaedd yng Nghymru*, t.16]

Mae'n gweld taerineb newydd yn y frwydr i gadw'r Gymraeg, a dyma'r rheswm y mae'n ei weld tros y frwydr a'r taerineb hwnnw:

> Nid na elli *di* golli dy Gymraeg a pharhau yn rhyw fath o Gymro; bydd yna ddigon o Gymreictod ar ôl yn y byd i warantu dy arwahanrwydd ... Pe diflannai'r Gymraeg oddi ar wyneb y ddaear, *fyddai yna ddim 'ni'*. [ibid., t.21]

Nid am fod yr uchelder brenhinol Prydeinig wedi gweld yn dda i roi bri ac urddas ar y Gymraeg y cedwir hi'n fyw:

> ... ond ei chadw'n .fyw y byddwn am ein bod *ni wedi penderfynu ein cadw ein hunain yn fyw* – am fod ein gwahanrwydd oesol o'r diwedd wedi magu ewyllys i barhau. [ibid., t. 71-72]

Rhyfedded yw'r tebygrwydd sydd rhwng geiriau Tecwyn Lloyd a'r dyfyniadau hyn o eiddo J. R. Jones. 'Nid Cymry sydd yn Nhroerhiwdalar heddiw', meddai un, 'Canys nid Saeson fyddant', meddai'r llall am y cenedlaethau a gollai'r Gymraeg. Mae'r olaf o ddyfyniadau J. R. Jones yn rhoi pwyslais trwm ar yr ewyllys i fyw. Colli yr ewyllys honno a wnaeth pobl Troedrhiwdalar. Yr un feirniadaeth gymdeithasol sydd gan y ddau, ond bod un yn llenor a'r llall yn athronydd. Llenydda'r safbwynt y mae Tecwyn Lloyd, rhoi seiliau athronyddol iddo y mae J. R. Jones. Hwn oedd cyfraniad mawr ac amlwg J. R. Jones ym mlynyddoedd olaf ei fywyd.

Mae rhai wedi sylwi ar arddull a mynegiant J. R. Jones, a dyma'r man i gyfeirio at hynny. Wrth drafod dadansoddiad J. R. Jones, "rydym dan raid', meddai R. Tudur Jones, 'i gydnabod ar unwaith bod y mynegiant ohono'n rymus. Nid oes wadu nad yw'n gwefreiddio'. [*Efrydiau Athronyddol* 1972, t.28]. Gweld tân ac angerdd yr hen broffwydi ynddo a wna Meredydd Evans a hynny'n ddylanwad ar yr arddull a'i mynegiant. Dyma'r angerdd sy'n gyfrifol am gymhlethdod cyhyrog yn rhai o'i frawddegau a'i baragraffau. Mae'r llifeiriant o eiriau ac ymadroddion yn bygwth sgubo'r darllenydd ymaith. Meddai:

> Yr argraff a gaf, o dro i dro, wrth ddarllen ei waith yw nad oedd ganddo na'r amser na'r amynedd i lunio'n gain yr hyn a fynnai ei ddweud; yn hytrach fe'i gyrrid i ddweud ei bethau gan y teimladau oedd yn ei gorddi ac ar brydiau felly rhuthrai'r geiriau ar draws ei gilydd yn chwilio am fynegiant. [*Mered: Detholiad o Ysgrifau*, t.41]

Gwyddom, os na fyddwn fel darllenwyr yn llwyr ddeall yr hyn y mae'n ei ddweud, fod yma enaid mawr y mae ei angerdd ynglŷn â'i fater yn llifo tros geulannau iaith a mynegiant. Afraid dweud mai â'r deunydd, yn gyflwyniad ohono, y mae â fynno'r gyfrol hon ac nid â'r mynegiant, er gwaethaf pennawd y gyfres, 'Llên y Llenor'.

Bydd rhai'n siŵr o weld rhaniadau'r ymdriniaeth hon (Cristnogaeth, Cymdeithas, Cenedl) yn debyg i eiddo'r Dr. Meredydd Evans, 'Proffwyd ac Argyfwng', *Mered: Detholiad o Ysgrifau* (Crefyddol, Cymdeithasol, Cenedlaethol). Dylwn nodi imi gyfrannu i'r *Traethodydd*, Ionawr 1973, ysgrif, 'Cyfraniad J. R. Jones' a defnyddio'r rhaniadau canlynol – Sylwedydd Cymdeithasol, Proffwyd Cymreictod, ac Athro Cristnogaeth. Nid wyf yn gweld dim rheswm tros newid y rhaniadau hyn, ar wahân i'w cwtogi a newid eu trefn.

II

CRISTIONOGAETH

Y gyntaf o ddarlithoedd coffa J. R. Jones oedd honno a draddodwyd gan Pennar Davies yn Chwefror 1978, *Diwinyddiaeth J. R. Jones*. Mae'n agor y ddarlith â'r geiriau hyn:

> Gellir dweud mai athronydd oedd J. R. Jones yn gyntaf a diwinydd yn ail. Er hynny y mae rheswm i gredu mai ei ddiwinyddiaeth oedd ei ddiddordeb deallol cyntaf, ac y mae'n sicr mai'r gweddau diwinyddol ar ddysgeidiaeth ei flynyddoedd diwethaf a enillodd y sylw mwyaf ymhlith y Cymry.

Gosodwyd sylfeini'r diddordeb diwinyddol gan ei gapel a'i fam ym mlynyddoedd ei febyd. Pan droes J. R. Jones yn athronydd, troes yn erbyn yr athrawiaethau yr oedd wedi eu hetifeddu. Daeth hynny i benllanw ac amlygrwydd gyda'i ddarlith, *Argyfwng Gwacter Ystyr*, yn 1964 a gyhoeddwyd yn rhan o'r gyfrol, *Ac Onide* yn 1970. 'Roedd adran gyntaf *Argyfwng Gwacter Ystyr* wedi ymddangos eisoes yn *Y Traethodydd*, Gorffennaf, 1963, yn dwyn yr un teitl, 'Argyfwng yr Egwyddor Brotestannaidd'. Ond mae gwreiddiau'r trafod hwn yn mynd ymhellach yn ôl na hyn, i'w ysgrif yn yn gyfrol *Credaf: Llyfr o dystiolaeth Gristnogol* a olygwyd gan Y Parch. J. E. Meredith a'i chyhoeddi'n 1943. Ni chredaf i'r ysgrif hon gael digon o sylw yn yr holl draethu a thrafod a fu ar syniadau crefyddol J. R. Jones.

Rhyddfreinio'r unigolyn a rhoi iddo arwyddocâd digymar oedd y newid mwyaf a barodd Crist i gwrs hanes. 'Roedd yr hyn a ddysgai'r Efengyl am ddyn yn ddeinameit a oedd yn rhwym o danio rywbryd. Digwyddodd y ffrwydrad gyda'r Dadeni Dysg, y Chwyldroadau gwerinaethol a'r Diwygiad Protestannaidd,

YR ATHRO J. R. JONES

Ymddangosodd y ddelfryd *hiwmanistaidd* sydd wedi aros byth er hynny yn graig sylfaen ein gwareiddiad-delfryd seiliedig ar y bersonoliaeth anturus a fynnodd reolaeth ar ei thynged ei hun gan dorri allan o'r rhwymau organaidd a fu yr un pryd yn grud ac yn garchar iddynt. [*Ac Onide*, t.3]

Yr hyn y mae'r ysgrif yn *Credaf: Llyfr o Dystiolaeth Gristionogol* yn ei wneud yw rhoi amlinelliad inni o'r ffydd hiwmanistaidd a dyneiddiol. Mae'r ysgrif yn agor â dyfyniad o Alegori'r Ogof yn neialog Platon, *Y Wladwriaeth*, geiriau sydd, yn ôl J. R. Jones, yn amlygu'r rhin a ddiferodd i ddaear Ewrop o gwpan llawn y Groegiaid a maethu yno wareiddiad y Gorllewin,

Ffydd mewn dyn oedd y rhin hwnnw, ffydd a gadwodd lun a delw dyn yn Ewrop rhag eu gwthio o'r golwg gan y Goruwchnaturiol, na'u llygru ychwaith gan y Goruwchnaturiol, na'u llygru ychwaith gan reidiau a rhwymau'r pridd. Ffydd yng ngoleuni rhesymoldeb oedd y ffydd a'i blaguriad cyntaf... [*Credaf*, t.101]

Mae'r cyfan a oedd gan J. R. Jones i'w ddweud yn ddiweddarach am argyfwng gwacter ystyr ymhlyg yn yr ysgrif hon.

Mae J. R. Jones yn cydnabod ei bod yn anodd inni bellach gredu ynom ein hunain na bod yn hyderus ynglŷn â dyfodol dynion. Tanseiliwyd y ffydd ddyneiddiol. Mae'n cynnig tri rheswm am y dadrithio a fu. Y rheswm cyntaf oedd Rhyfel 1914. Yn sgîl y rhyfel hwnnw dadlennwyd cynllwynion bradwrus yr ymerodraethau mawr a'u cyfamodau cyfrinachol. Cafodd y ffydd yn naioni dyn a'r ymddiriedaeth yn ei resymoldeb ergydion marwol gan ysgytiad enbyd Y Rhyfel Byd Cyntaf. Yr ail reswm am y dadrithio oedd diflaniad yr hen bortread o ddyn fel creadur meistrolgar a'i nwydau dan reolaeth gyda gwaith seicolegwyr fel Freud, Adler, a Jung. Dangoswyd dyn yn greadur afiach gyda phlygion tywyll o'i fewn. Darganfuwyd ynddo hefyd ryfel a'i gwnâi'n fod a ymrannodd yn ei erbyn ei hun. Y trydydd rheswm am y dadrithio oedd yr ymwrthod agored a ddigwyddodd yn Ewrop â'r gred mewn tegwch a rhesymoldeb. Ailgofleidiwyd Awdurdodaeth a rhyddhawyd pwerau demonaidd, mileinig a roes y byd ar dân am yr eildro.

Golygodd hyn ddisodli'r 'hollalluog ddyn'. Dywedwyd wrtho ei fod yn llygredig drwyddo draw. Y mynegiant crefyddol o'r wrth-ddyneiddiaeth hon oedd yr hyn a gysylltir â'r mudiad a ddaeth i fod yn sgîl safbwyntiau Karl Barth. Cyhoeddodd ef gyda grym fod gagendor na all ond Duw ei Hun ei bontio rhwng yr Anfeidrol a'r meidrol. Mae J. R. Jones yn cyfaddef iddo ei gael ei hun mewn cydymdeimlad mawr â 'gwytnwch yr ymddadrithio diarbed yma'. Er iddo gael ei demtio'n gryf i ymwadu â'i hyder, methodd ymwrthod â'i gred ym mhosibiliadau dyn. Methodd gredu nad oedd mewn dyn blygion dyfnach na'i ddrygau a'i ddichellion. 'Y gogwydd pesimistig yw'r hawsaf o lawer ar hyn o bryd', meddai. Methodd anghredu mewn dyn am fod Iesu'n credu ynddo. 'Roedd awgrymiadau yma ac acw yn yr Efengylau fod Iesu'n priodoli drygioni dynion i'w dallineb. Dyma rai enghreifftiau a ddyfynnir gan J. R. Jones, 'Ac efe a ddywedodd wrthynt, Pa fodd nad ydych yn deall? . . . A chennych lygaid, oni welwch? A chennych glustiau, oni chlywch?' (Marc 8: 21, 18); 'Pe gwybuasit tithau, ie, yn y dydd hwn, y pethau a berthynent i'th heddwch . . .' (Luc 19: 42); a'r enghraifft fawr o'r gwrthodiad i ystyried dyn yn greadur cwbl ddirywiedig, yw'r adnod hon o Efengyl Luc, 'A phan ddaethant i'r lle a elwir Calfaria, yno y croeshoeliasant Ef . . .'. A'r Iesu a ddywedodd, O Dad maddau iddynt, *canys ni wyddant pa beth y maent yn ei wneud*'. [23: 33-34]. Bwriodd y ddynoliaeth ei chynddaredd eithaf ar y doethaf a'r addfwynaf o'i phlant, nes rhoi y rheswm cryfaf tros gredu bod dynion yn anachubol lygredig. Ond dadleuodd Iesu tros ddyn ar sail yr hyn a fyddai dynion pe gellid eu cael i wybod ac i weld. Canlyniad hynny i J. R. Jones oedd y

> Credaf y gwrthodai'r Iesu a weddïodd felly gredu bod Adolf Hitler yn nodweddiadol o ddyn. [op. cit., t.107]

Arweiniodd hyn ef i gredu ymhellach fod y gwir yn rhyddhau. Yr agwedd gyntaf ar hyn yw'r haeriad fod gwyddoniaeth y peth mwyaf Cristionogol yn y byd a hynny'n ffrwyth y Diwygiad Protestannaidd. Rhesymoldeb yw nod amgen dyn, y ddawn i ymddwyn yn wrthrychol. Ystyr pwyslais Iesu, gan hynny, ar fod y gwirionedd yn rhyddhau yw fod wynebu ffeithiau'n rhesymol yn bennaf amod rhyddhau dyn oddi wrth y pethau sy'n tagu ei bosibiliadau. Dyma hefyd hanfod gwyddoniaeth. Mae gwirionedd yn rhyddhau trwy ddisgyblaeth ymofyn gwrthrychol. Agwedd arall ar y rhyddhad a ddaw o wybod y gwirionedd yw rhyddhad anghydffurfio, y rhyddhau o afaelion Awdurdodaeth. Bu i'r Diwygiad a'r Dadeni, trwy eu cynnyrch bywiocaf yn yr ysbryd gwyddonol, ryddhau creadigrwydd a ollyngodd feddwl dyn o'i rwymau,

> Blagurodd y celfyddydau a'r gwyddorau a esyd fri ar ddyn a rhoi iddo'r ffydd a'i ceidw'n deyrngar i'w hanfod ei hunan.
> [ibid., 109-110]

Er nad yw'n trafod hynny'n fanwl, myn J. R. Jones bod y Chwyldro a roes fod i'r Undeb Sofietaidd yn rhan o'r un trobwynt am ei fod yn wareiddiad cwbwl wyddonol.

Mae'n mynd ymlaen i ystyried darganfyddiad Freud fod i Awdurdodaeth orsedd oddi mewn i ddyn yn y *Super-ego*. Mae'r *Super-ego*'n cludo ceidwadaeth a thraddodiadaeth ac yn gyfrwng parhau hen orfodaethau afresymol. Dibynna personoliaeth aeddfed ar y graddau y mae'r Ego'n llwyddo i dorri'n rhydd o afael cymhellion gorfodol ac ymladd ei ffordd i oleuni rhesymoldeb. Golyga hyn i Freud ymadael â phob crefydd. Ond mae Iesu'r Anghydffurfiwr mawr yn gyfaill i'r Ego yn ei frwydr yn erbyn y gorfodaethau afresymol. Ei neges yw bod y gwirionedd, drwy'r ewyllys i ystyried pethau'n deg a gwrthrychol, yn rhyddhau. Mae J. R. Jones yn dal mai diffyg ffydd mewn dyn sydd y tu ôl i bob Awdurdodaeth, mai dyna wers fawr *Chwedl y Penchwiliadur*, Dostoiefsci.

Ail agwedd ar y gwirionedd yn rhyddhau dyn yw bod Iesu'n datguddio mai creadur rhesymol a phersonol ydyw. Mae wedi ei lunio ar gyfer cyfathrach personau â'i gilydd. Yma y canfyddwn ystyr pwyslais Iesu ar garu ohonom ein gilydd. Hyn yw bod yn rhesymol ym mherthynas personau â'i gilydd, nad ydym i'w defnyddio na'u hystyried fel moddion dwyn ein hamcanion ni i ben. Lluniwyd dyn ar gyfer cymrodoriaeth fyd-eang o bersonau rhydd a chyfartal

> Dyma ewyllys neu fwriad Duw tuag ato a dyma, felly, yr hyn ydyw ef ei hun yn ei hanfod a'i bosibilrwydd.
> [ibid., t.114]

Yn yr ystyr hwn datganiad yw'r weddi ar y groes o ymddiriedaeth mewn dyn. Mae ymbil am faddeuant i ddynion wrth bledio'u hanwybodaeth yn awgrymu nad ydynt yn eu cynddaredd a'u gwallgofrwydd yn gwneud yr hyn y maent am ei wneud mewn gwirionedd,

> . . . ond, drwy ddallineb a diffyg deall, yn gwyro a llurgunio eu gwir ewyllys eu hunain. [ibid., t.114]

Mae dau gwestiwn yn fynych ar enau Iesu, 'Pa fodd nad ydych yn deall?' a 'Paham yr ydych yn ofni, pa fodd nad oes gennych ffydd?' Nid anwybodaeth yn unig sy'n rhwystro dyn rhag cyflawni ei wir ewyllys. Fe'i rhwystrir hefyd gan ofn. Gan hynny, perygl y pwyslais dadrithiol ar lygredd a phechadurusrwydd dyn yw cryfhau ei ofn. Ni all crefydd awdurdodol seiliedig ar ofn fod yn wir Gristnogol. Mae J. R. Jones yn cydnabod na bu'r fath fwystfileiddiwch ag sydd heddiw, ac nid oes dim cieiddra yn record dyn sy'n fwy ofnadwy na chroeshoelio'r Dihalog ar bren. Ac eto coleddai Crist obaith am ddyn oherwydd yr hyn ydoedd fel y cafodd ei lunio gan Dduw. Nid dim byd a wneid erddo oedd sail y gobaith amdano, ond yr hyn ydoedd ynddo'i hun,

> Tywyllwyd y ddelw honno ynddo eithr heb ei llwyr ddileu. A ffydd Iesu oedd, ac yw, y gellir ei goleuo hi drachefn.
> [ibid., t.116]

Mae'r ysgrif, 'Argyfwng yr Egwyddor Brotestannaidd', sydd hefyd yn ffurfio adran gyntaf *Argyfwng Gwacter Ystyr,* yn dechrau gyda'r hyn yr oedd Cristnogaeth yn ei ddysgu am ddyn a'r her a oedd yn hynny i hawl cymdeithas i dra-arglwyddiaethu arno. Daeth ysbryd y rhyddymofyn beirniadol, a oedd yn bennaf cynnyrch diwylliannol Protestaniaeth, yn gyfrwng rhyddhau a rhyddfreinio'r meddwl modern. Mae'r argyfwng yn codi o'r union rinwedd a welai J. R. Jones mewn gwyddoniaeth a'r chwyldro gwyddonol. Canlyniad y rhyddymofyn beirniadol yw gwareiddiad y mae iddo dair nodwedd – yn gyffredinol, byd-eang a rhydd, penagored a diganolfuriau; yn syfrdanol hyddysg ar wastad gwybodaeth wyddonol ac yn hygoelus ac eilunaddolgar ar wastad y meddwl poblogaidd; yn fawr ei orchestion technolegol ac yn ddiwylliannol ddiwreiddiau. Mae'r wythïen a borthai galon ein gwareiddiad yn sych. Dyma wythïen y sicrwydd am ystyr bodolaeth. Meddai,

> Nid dweud yr ydwyf inni fynd i fethu *deall* ystyr bodolaeth, ond y peidiodd trwch y bobl a chael gafaelyd ynddynt mwyach gan y sicrwydd *bod* i fodolaeth ystyr.
> [*Ac Onide*, t.4]

Mae J. R. Jones yn cydio hyn wrth yr hyn a ddywedodd Paul Tillich am bryder nodweddiadol ein cyfnod ni, 'pryder y meddwl a welodd *drwy* bopeth ac a gafodd bopeth yn y gwaelod *yn ddiystyr*.' Dyma 'bryder gwacter' neu 'bryder gwacter ystyr'. Gwelai J. R. Jones yn y sefyllfa hon argyfwng i'r Egwyddor Brotestannaidd yn yr ystyr iddi roi ei siâp a'i gyfeiriad i'r gwarèiddiad modern. Meddiannwyd y meddwl cyffredin gan y syniad y medr deall dyn yn y pen draw ateb pob cwestiwn y gellir yn rhesymol ei ofyn. Felly, symudwyd y cysgod olaf o ddirgelwch allan o'n byd a'n bywyd. Mae hyn wedi gwacáu bodolaeth o Dduw:

> Ffordd arall o ddweud fod hon yn genhedlaeth a gollodd afael ar *ystyr* yw dweud fod *Duw*, i'n cenhedlaeth ni, *wedi marw*. [*Ac Onide*, t.5]

Mae yma sialens i Gristnogaeth Brotestannaidd i ddarganfod ei chraidd a'i hystyr. Yn ddiwinyddol golyga hyn na all yr un dehongliad o Dduw fod â'r hawl i honni anffaeledigrwydd ac arwyddocâd absoliwt mewn hanes. Trwy ffydd, a hynny'n gyson â'r Egwyddor Brotestannaidd, trwy amau, trwy chwilio a mentro y mae cyfiawnhau dyn. Yr egwyddor hon a heriodd y caregu a fu ar yr arwyddluniau Cristnogol yng Nghatholigiaeth yr Oesoedd Canol. Daw hefyd yn her i lythrenoldeb ac uniongrededd newydd ein dyddiau ni. Yn y cyswllt cymdeithasol a gwleidyddol, mae'r Egwyddor Brotestannaidd yn datgan nad oes i unrhyw sefydliad na chyfundrefniad cymdeithasol ar y ddaear unrhyw arwyddocâd absoliwt:

> Un o symptomau pwysicaf yr argyfwng gwacter ystyr yw clafychiad a thranc radicaliaeth yn ein mysg. [ibid., t.8]

Mae'n rhan o nychdod y gwrthryfel Protestannaidd yn erbyn y cyfundrefnau a'r awdurdodau anffaeledig. Fe gyhoeddwyd y gwrthryfel hwn yn y lle cyntaf yn enw'r Duw Diamod a oedd yn ddyfnder ac ystyr bodolaeth.

Mae angen atgyfodi ysbryd y brotest Brotestannaidd rhag y duedd gynyddol i gynffonna'n daeog i'r breiniol ym mhob byd, y breiniol o ran gwaedoliaeth neu o ran dysg, y breiniol mewn cyfoeth neu allu neu awdurdod. Mae hyn yn rhybudd ofnadwy, oherwydd bod clwyf marwol y Gyfundrefn Elw wedi cyrraedd pwynt na ellir ei ddoctora mwyach, a'r perygl yw ein bod yn wynebu cyfnod newydd o 'wrthchwyldro ffasgaidd'. 'Dyw Prydain ddim yn rhydd oddi wrth y perygl. Rhaid gwylio rhag sugno pob anghydffurfiaeth a phrotest allan o'n gwythiennau. Mae gwerin y sychwyd gwythïen ei sicrwydd am ystyr bywyd ac y torrwyd ei hasgwrn cefn radicalaidd yn ysglyfaeth barod i'r awch am awdurdod ac am fedru catrodi cymdeithas. Y genhedlaeth ifanc sydd yn yr enbydrwydd mwyaf. Pan gyll y symbolau dwyfol eu hystyr iddo, fe fyn dyn symbolau demonaidd. Cyfraniad pwysicaf Protestaniaeth oedd egwyddor y brotest broffwydol yn erbyn unrhyw rym sy'n hawlio fod iddo natur ddwyfol. Gall y grym fod yn eglwys neu wladwriaeth, yn blaid neu'n arweinydd. Dyma'r cwestiwn y mae J. R. Jones yn ei ofyn:

> Beth sydd gennym ym Mhrydain ac yng Nghymru i'n cadw rhag ein diffygio a'n traed rwymo eto fel defaid i'r lladdfa? Y mae gennym, yn rhan annatod o draddodiad ein diwylliant, egwyddor y radicaliaeth Brotestannaidd. Hwn,

ac nid dim arall, fydd gwarcheidwad democratiaeth y dyfodol. [ibid., t.10]

Mae'n hen bryd inni ailafael yn yr angor hwn ar boen ein bywyd.

'Rydym yn cael ein gorfodi i holi am oblygiadau diwinyddol adfer craidd ac ystyr yr egwyddor Brotestannaidd. Maent i'w gweld mewn tri maes.

(i) **Duw**. Mae derbyn bod yr Egwyddor Brotestannaidd yn hawlio nad oes i'r un dehongliad o ddirgelwch Duw ar y ddaear ei arwyddocâd terfynol ac absoliwt yn golygu ein bod dan raid i chwilio am ffyrdd newydd o ddweud am Dduw. Daeth J. R. Jones i amlygrwydd yn y Gymru Gymraeg am iddo wynebu'r her hon a hynny dan symbyliad Simone Weil, Paul Tillich, Dietrich Bonhoeffer, a John Robinson. Gallwn feddwl iddo gael ei hudo gan rai o'i 'arwyr' nes llyncu eu syniadau'n ddihalen, ond atebwyd hynny fel hyn gan Pennar Davies,

> ... yr oedd ei glywed ef yn traethu o flaen cynulleidfa neu ddarllen ei ysgrifeniadau yn ddigon i argyhoeddi rhywun fod y cyfan yn mynd trwy felin ei feddwl ei hun. [*Diwinyddiaeth J. R. Jones*, t.4]

Y cwestiwn gogleisiol yw a fyddai J. R. Jones yn addasu rhywfaint ar ddehongliad y chwedegau i gyfarfod â'r nawdegau? Os am osgoi'r demtasiwn o garegu delweddau crefydd yn sylwedd digyfnewid byddai'n rhaid i hyn ddigwydd. Y gwir yw na allwn gyhoeddi'r gwirionedd am Dduw heb gymryd sylw o feddylfryd ein hoes. Ond beth sydd gan J. R. Jones i'w ddweud am Dduw?

Agwedd ddyneiddiol a rhyddfrydol sydd ganddo yn *Efrydiau Athronyddol* 1948. Person daionus adnabyddadwy gan ddyn yw Duw. Mae iddo'i gymeriad. Bydd yn maddau a charu'r annheilwng â chariad perffaith. Hyn yw'n gwarant o fawredd Duw ac o'n sicrwydd amdano. Y duedd hon i wrthrychu Duw yn y ffordd yna y mae J. R. Jones yn ymwrthod â hi'n ei flynyddoedd diweddar. Yn ei gyfraniad, '*Gwirionedd ac Ystyr*' yn y gyfrol *Saith Ysgrif ar Grefydd*, mae'n ymwrthod â phob 'synio am Dduw fel bod penodol ym mysg bodau'. Mae'r ymadrodd Cymraeg, 'Y Bod Mawr' yn gwneud Duw'n Fod ychwanegol at y bodau eraill sy'n bod. Y camgymeriad yw bod hyn cystal â meddwl am Dduw fel Gwrthrych sydd â'i le'i hun yn y gofod. Hyd yn oed wrth feddwl gyda Tillich am Dduw fel 'Gwaelod Bod' a 'Dyfnder Bod' a 'Bod ei Hun', y perygl yw dal i feddwl amdano fel gwrthrych.

Mae pregeth 'Moeseg yr Anallu' yn *Ac Onide* yn sôn am 'gyfiawnder Duw' a'i 'ddaioni perffaith'. Cyfeirir yn 'Delw'r Anghyffelyb' at Dduw fel 'yr Hwn a wêl bethau megis ag y maent'. Mae Duw wedi rhoi Ei ddelw ar bob dyn. Adlais yw 'Nid yn unig y Ddaear ond y Nef hefyd' o'r brotest broffwydol 'nad oes gan neb ond Duw yr hawl i farnu'. Dywed yn 'Sancteiddrwydd ar Ffrwynau'r Meirch', 'mai'r peth pennaf ei werth ar y ddaear i feddwl Duw ydyw *person* dyn'. Daw dylawnad Simone Weil i'r amlwg yn y bregeth 'Rhoddwr Bod'. Cyflwyno'r creu fel gweithred o aberth ac ymwadiad a wnaeth Simone Weil. Rhoes yr Anfeidrol le i eraill gael byw yn ei fyd. Mae'r creu fel Bod yn rhoddi bod i eraill yn golygu mai gweithred o roi yn hael a drud ydyw. Dan rym y syniad hwn, mae J. R. Jones yn medru derbyn arwyddlun Ann Griffiths o Dduw fel 'Rhoddwr Bod' a gwrthod arwyddluniau'r 'Cynhaliwr helaeth' a 'Rheolwr popeth sydd'. Meddai:

> Dirgelwch rheolaeth Duw yw mai o guddfan ei enciliad a'i absoldeb y mae'n rheoli. Neu, mewn geiriau eraill, rheoli y mae *drwy'r* drefn gyfan a osododd Efe ar y byd.
>
> [*Ac Onide*, t.43]

Rheolaeth guddiedig yw rheolaeth Duw wedi ei throsglwyddo i ofal mecanwaith y mae Rhaid a Siawns yn cydblethu ynddo. Mae'r Cynhaliwr yn Nuw'n guddiedig hefyd am ei fod wedi adeiladu ei ddarpariaeth i mewn i drefn ragluniaethol ac amhartïol. Mae Duw fel rhoddwr ein *bod* yn hytrach na rhoddwr ein *pethau* yn ddihangfa inni rhag gwacter ystyr. Dyled i Dduw am lawr a gwaelod fy mywyd, y ffaith seml breimurddol fy mod i'n bod yw fy nyled i Dduw:

> Yr hollalluog ddyn, bellach ydyw 'crewr ei fyd'. Eithr nid

YR ATHRO J. R. JONES

efo yw crewr ei fod. Ar waethaf ei holl fedrusrwydd, nid ef ddyfeisiodd ac nid ef a greodd, ei fodolaeth ei hun.
[ibid., t.45]

Mae J. R. Jones yn diogelu'r gwahaniaeth rhwng yr Anfeidrol a'r Meidrol yn ei bregeth ar ateb y tri llanc i Nebuchodonosor. 'Roedd y faith fod Nebuchodonosor wedi codi delw fawr ohono'i hun a gorchymyn i ddynion blygu iddi yn golygu ei fod yn dyrchafu gwneuthurwaith dyn i le Duw. 'Roedd y meidrol yn cymryd lle'r anfeidrol,

> Felly dyma i ni help i ddeall beth yw hanfod ofergoeliaeth; dyrchafu dyn neu wneuthurwaith dyn i le Duw ydyw, – priodoli i bethau meidrol berffeithrwydd y Diamod, rhoddi i'r dynol arwyddocad dwyfol. [ibid., t.52].

Mae pob dull o synio am Dduw a fo'n tynnu Duw i lawr i wastad pethau neu bwerau meidrol yn syniad ofergoelus. Mae dweud, fel y gwna'r tri llanc, y byddai Duw'n eu gwaredu o'r ffwrn danllyd boeth ac o law'r brenin yn gwneud Duw'n Dduw a fyddai'n ymyrryd yn erbyn pwerau Nebuchodonosor. 'Roedd dau ddewis yn wynebu'r tri llanc: syrthio a phlygu i'r ddelw aur neu fynd i'r ffwrn o dân poeth yn fyw. Wrth ateb fel y gwnaethant, maent yn rhoi mynegiant i ffydd sy'n orchestol yn nannedd rhagolygon a oedd yn dduon ac i bob ymddangosiad yn ddiobaith. Mae'n wir fod yma grefydd yr 'anweledig', ond mae hi hefyd, yn ôl J. R. Jones, yn grefydd 'y swcwr anweledig' neu grefydd 'presenoldeb' ac 'ymyrraeth gwaredigol' yr Anweledig. Math ar ofergoeliaeth yw'r grefydd hon hefyd, a hynny am ei bod yn priodoli i Dduw alluoedd ymyrrol, goruwchnaturiol sy'n gwarantu gwaredigaeth bersonol i'r tri llanc.

> Gwir fod y gallu a briodolant i Dduw (a) yn anweledig a (b) yn anfeidrol fawr; eto gallu o'r un *math*, 'nerth' o'r un natur ydyw â nerth y galluoedd meidrol y disgwylir ef i mewn i'r gad yn eu herbyn. [ibid., t.54]

Ond mae gwastad arall mewn amgyffrediad o Dduw yn y stori, a hynny yn y ddeuair 'Ac Onide' ('Hyd yn oed pe na wnâi', B.C.N.). Dyma'r sylweddoliad na byddai'r waredigaeth wyrthiol yn digwydd. Mae'r her ryfeddol sydd yn y ddeuair yn dangos bod y tri llanc yn codi i wastad llawer uwch na gweddill y stori. Bu raid cael gwaredigaeth wyrthiol gan y stori er mwyn profi bod y pwer sy yn Nuw yn gweithredu yn y byd ar delerau'r byd, ond ei fod yn anfeidrol alluocach na Nebuchodonosor.

> Eto, yr un math o nerth, ond ei fod yn nerth anfesurol fwy, a ddug y waredigaeth oddiamgylch: tynnu'r anfeidrol i lawr i'r un gwastad â'r meidrol a wneir, o ran y ddealltwriaeth o *natur* ei rym, waeth pa mor groes i ffyrdd arferol Natur y defnyddiwyd y grym hwnnw. [ibid., t.56]

Mae'r 'Ac Onide' yn rhoi cip inni ar nerth gwahanol i hyn.

> A'r ddealltwriaeth sydd yma o wir natur nerth yr Anfeidrol yw mai nerth 'absenoldeb' ac 'anallu' ydyw, nerth *di*-nerth, nerth a berffeithir mewn gwendid. [ibid., t.57]

Mae'n nerth gwahanol.

(ii) **Iesu Grist.**

> 'Yr Iawn a dalwyd ar y Groes
> Yw sylfaen f'enaid gwan',

meddai'r emynydd. A dyma ni ar unwaith yn dehongli Iesu a'i Groes yn nhermau Iawn a drama Prynedigaeth. Afraid dweud nad yw J. R. Jones yn derbyn y dehongliad hwn o fywyd a chenhadaeth Iesu. Mae'n gosod Iesu ym mhriod gefndir apocalyptiaeth Iddewig, y dyheadau Meseianaidd, y disgwyliadau am ddiwedd yr oes bresennol a sefydlu Teyrnas Dduw. Nid esiampl foel yw'r Groes na Christ ychwaith. Mae J. R. Jones yn gweld Iesu Grist yn galw pobl i adnewyddiad moesol a gweld bod Duw drwy hynny'n hyrwyddo dyfodiad ei Deyrnas. Gwêl fod y Bregeth ar y Mynydd yn dweud wrth ddynion:

> Ymddygwch ar unwaith, yn *awr*, yn y byd drwg presennol, fel petae chwi eich hunain eisoes yn y Deyrnas ac yn byw wrth ei safonau hi. [ibid., t.201]

Mae rhyw ddilechdid rhwng 'philia' ag 'agape' yn y byd hwn a bydd gollwng yr 'agape' i lyfnder môr diymdrech y 'philia' yn golygu y bydd yn rhaid i gariad wynebu angau. Mae hwnnw'n angau'r groes. Galw y mae Iesu am adnewyddiad moesol er mwyn achub y byd i Dduw. Mae'r foeseg Gristnogol yn estyniad sydd y tu hwnt i bob terfyn y gellir ei ragweld, a hynny'n bod oherwydd bod ei tharddiad yng nghariad Duw. Ei safon yw'r cariad sy'n canfod dyfnder gwerth pob dyn:

> Amlygwyd trosgynoldeb y safon Gristnogol, unwaith ac am byth yn y Groes. ['Noddfa'n yr Archoll', *Y Traethodydd*, Gorffennaf 1962, t.99]

Temtiwyd Iesu ym mhob peth yr un ffunud â ninnau, rhoes ei fywyd trosom, a thrwy hynny, aeth ei groes yn safon yr ymdrech i ddelio â dynion yn ôl mesur eu gwir werth:

> Y Groes yw'r prawf ar lwyfan hanes nad oes derfyn gweladwy i bosibilrwydd aberthu buddiannau hunan er mwyn arall. Ac y mae hi'n gweithredu, gan hynny, fel rhyw egwyddor farnol mewn hanes – yn gwyntyllu ein holl amryfal ymwneud â'n gilydd, gan nithio allan us yr hunangarwch a'r dallineb i ddyfnder gwerth ein gilydd sydd i'w gael, megis, ar bob lefel, yn gymysg â'r grawn.
> [ibid., t.100]

Byddai disgyblion Iesu ar bwys yr adnewyddiad moesol trwy'r foeseg drosgynnol hon yn gorfodi dyfodiad y Deyrnas. Ond ni fyn Satan ildio'i afael ar y byd heb daro'n ôl, ac o ganlyniad, mae'r Iesu'n cymryd y dioddefiadau hynny arno'i Hunan. Mae'n dwyn y gorthrymder i fod trwy herio'r gelynion. Nid fel gweithred yn nrama fawr Prynedigaeth a moddion adferiad unigolion yr ystyriai Iesu Grist y Groes, ond fel cyfrwng, '. . . i gael gan Dduw brysuro dyfodiad ei Deyrnas. [*Ac Onide*, t.187]. Y newydd da a ddaeth i dlodion Galilea oedd bod y derbyniad o du Duw yn ddigwestiwn o'r cychwyn. 'Roedd y derbyniad yn rhoi i ddyn 'sicrwydd troedle mewn Bodolaeth', yn symud ei ofn a'i daeogrwydd trwy roi iddo, megis, yr hawl i fyw. Dyma dderbyniad a oedd yn ddidelerau o du Duw ac o'r herwydd yn rhad rodd mewn gwirionedd. Neges Iesu wedyn oedd galw pobl i newid eu meddwl am Dduw a derbyn ei newyddion da. 'Dysgwch gennyf', meddai Iesu.

Mater o ddysgu ydyw, o ddeall, a newid ein meddwl am Dduw. Er bod yr Eglwys Gristnogol wedi diogelu cnewyllyn Neges Iesu trwy gyhoeddi'r Cymod fel rhad rodd, mae wedi ei ddehongli mewn ffordd sy'n rhoi amod newydd arno:

> 'Ni raid mwyach brofi teilyngdod, ond y mae'n rhaid *credu* mewn rhyw fath o gyfryngiaeth neu fecanwaith achub, sef dysg Cristoleg yr Apostolion am arwyddocâd person a marwolaeth Iesu – mecanwaith athrawiaethau'r Ymgnawdoliad a'r Iawn, yr Eiriolaeth a'r Prynedigaeth'.
> [ibid., t.191]

Mae rhad rodd y derbyniad yn cael ei bregthu mor huawdl ag erioed ond o fewn ffrâm athrawiaethau'r Prynedigaeth. Canlyniad hyn yw bod J. R. Jones yn gweld y pwysigrwydd o ail wrando ar Iesu a gyhoeddai'r newydd da am dderbyniad didelerau Duw. 'Roedd rhan bwysig arall i neges Iesu, dyfodiad Teyrnas Dduw i'r ddaear mewn nerth. A dyma pam Ei fod yn cyhoeddi'r alwad am adnewyddiad moesol er mwyn gorfodi dyfodiad y Deyrnas.

Ond fe siomwyd Iesu. Galwodd am Eleias pan oedd ar y Groes, sef yr un a oedd i ddod o flaen y Meseia, ond ni ddaeth. Onid breuddwydiwr a siomwyd yw Iesu? Onid dyna paham y gwaeddodd, 'Fy Nuw, fy Nuw, paham y'm gadewaist?' Nid oes raid derbyn yr ateb a awgrymir yma, oherwydd er gwisgo'r syniadau yn fframwaith disgwyliadau'r cyfnod, fe erys yr ewyllys i ddwyn bwriadau Duw i ben. Mae honno'n dal yn gyfoes o hyd. Gwrthod y fframwaith syniadol fel ofergoel y cafodd Iesu ei gyflyru i'w derbyn gan amgylchiadau ei genedl a'i gyfnod ei hun y mae J. R. Jones:

> Byddwn wedi ein gadael wedyn 'heb ddychymyg, llen na gorchudd' wyneb yn wyneb â'r un peth mawr a erys ar ôl – sef nerth elfennaidd y ddreif foesol fwyaf cawraidd a gorfforwyd erioed yn ewyllys un dyn i achub y byd i Dduw.
> [ibid., t.213]

Nid fel Cyfryngwr yn Nrama Prynedigaeth y mae J. R. Jones yn gweld Iesu, ond fel

YR ATHRO J. R. JONES

ewyllys sydd ar gynniwair yn y byd hwn, yn aros ei gyfle i dreiddio i mewn i'n hewyllys ninnau. [ibid., t.214]

Gwyddom mai dilyn dehongliad diwethafol ac eschatolegol Albert Scgweitzer yn ei gyfrol, *The Quest of the Historical Jesus,* y mae J. R. Jones. Diau ei fod wedi anwybyddu cynnyrch ysgolheictod Beiblaidd ym maes yr ymchwil am Iesu hanes ers cyhoeddi cyfrol Schwitzer yn 1910. Ond mae hyn yn golygu'n bod yn ystyried cyfraniad Schweitzer yn un cwbwl negyddol, ac yn osgoi ei gyfraniad cadarnhaol yn y pwyslais ar Ewyllys Iesu ac arwriaeth anhygoel ei aberth. Cysylltodd J. R. Jones hyn â'i athrawiaethau am Dduw – Ei Absenoldeb a'i Anallu – nes dod i'r casgliad nad yw achubiaeth y byd yn digwydd trwy ymyriad oddi uchod.

Mae moeseg y cyfamser a oedd i arwain at ddyfodiad y Deyrnas yn troi yn foeseg gyffredinol ymhlith Cristionogion. Dylid defnyddio'r foeseg yma'n offeryn achubol yn yr ugeinfed ganrif. Mae'n angenrheidiol deall gwir natur y cariad Cristnogol a sylweddoli y gallwn ei gamgymryd am fathau eraill o gariad. Gwelai J. R. Jones bosibilrwydd dau gamgymeriad – camgymryd y cariad Cristnogol am fathau o frawdgarwch sy'n ffynnu mewn cylchoedd cymdeithasol a gydir wrth ei gilydd gan rwymyn greddf, a thybio nad oes dim mwy ynddo na'r hyn sydd i'w ganfod ym mherthynas pobl sydd eioes yn llawn ddeall ei gilydd mewn harmoni perffaith:

> I ddechrau cwrdd â phroblem rhwygiadau bywyd, y mae'n rhaid cael cariad o fath arall, cariad heb ias o hunan ynddo, cariad a fedr garu'n ddiamod, a dal i garu yn erbyn sioni pob gwrthgiliad a gwrthodiad. ['Pa Ragoriaeth?', *Y Traethodydd*, Ionawr 1951, t.4]

Dyma gariad sydd mewn ystyr y tu hwnt i'n cyraeddiadau ni. Duw'n unig a all garu fel hyn am mai Ef sy'n ddiamodol dda. Wrth gwrs, paradocs Cristionogaeth yw bod y Groes, a ddatguddiodd ddyfnder ein pechod, yn bwrw her 'ei chariad difrycheulyd fel safon buchedd yn y byd hwn',

> Ei swyddogaeth yw dal ein gorchestion moesol yn wastad megis dan dynfa'r safon hon. [ibid., t.7]

Os dewiswn fyw wrth y cariad hwn, fel y bu Iesu byw wrtho, gall y bydd yn rhaid i ninnau wynebu llid galluoedd y byd hwn. Rhaid rhoddi 'heb obeithio dim drachefn'.

> Y wobr, yn hytrach yw'r sicrwydd mewnol mai'r cariad hwn sy'n iawn, yn iawn ynddo'i hun, beth bynnag fydd ei ganlyniadau o'r tu allan. [ibid., t.5]

(iii) **Crefydd.** 'Roedd J. R. Jones yn gweld argyfwng yr Egwyddor Brotestannaidd ynghlwm wrth bryder gwacter neu bryder gwacter ystyr. Mae'n mynd i'r afael â'r pryder hwnnw wrth drafod crefydd swcwr a'i hargyfwng hithau. Canlyniad argyfwng yr Egwyddor Brotestannaidd yw argyfwng crefydd nad yw'n cynnig dim byd ond swcwr. Mae pryder yn ganlyniad colli sicrwydd, a than symbyliad Paul Tillich, fe gawn fod J. R. Jones yn manylu ar natur pryder. Gwelai Tillich fod tri math neu dair ffurf ar bryder mas – pryder yn wyneb tynged a thranc, pryder euogrwydd sydd, mewn geiriau eraill, yn bryder yn wyneb barn a chondemniad, a phryder y meddwl a welodd trwy bopeth a chanfod popeth yn y gwaelod yn ddiystyr. Pryder gwacter ystyr yw pryder nodweddiadol ein cyfnod ni. Er gwaethaf cyflawnder syfrdanol ein moddion byw heddiw:

> ... y mae'r wythïen a borthai galon ein gwareiddiad wedi rhedeg yn sych – gwythïen ein sicrwydd am *ystyr* bywyd.
> [*Ac Onide*, t.13]

Mae ofn, nad yw mor agos i'r wyneb ag ofn difodiant mewn rhyfel niwcliar, wedi cydio ynom, yr ofn o'n cael ein hunain yn sydyn uwchben dibyn sylweddoli nad yw bywyd, yn y gwaelod, yn gwneud unrhyw fath o synnwyr. Y cwestiwn sy'n codi yn sgîl hyn yw sut y gwacawyd craidd ein diwylliant o ystyr? Yr ateb yw bod Oes y Gofod wedi mynd i gredu y gellir ateb pob cwestiwn y gellir yn synhwyrol ei ofyn wedi gwacau'r cyfanbeth o ystyr. Mae ystyr yn y fan yma 'run peth â dirgelwch:

YR ATHRO J. R. JONES

A ffordd arall yw hynny o ddweud bod *Duw* i'r genhedlaeth hon wedi marw. [ibid., t.13]

Bydd deffroad mewn unrhyw gyfnod yn dibynnu ar natur pryder y cyfnod. 'Roedd diwygwyr y gorffennol yng Nghymru'n llefaru wrth bryder yn wyneb barn a chondemniad. Am iddynt lwyddo i wneud hynny, torrodd y pryder allan yn dwymyn ddiwygiadol. 'Fforsio'r pryder i'r wyneb' yw ymadrodd J. R. Jones am hyn, nes gorfodi dynion i droi am ollyngdod ac ymwared. Mae'n amhosib inni ddeffro pobl yn yr ystyr hwn am ein bod mewn sefyllfa lle nad yw Duw'n bod. Nid pryder euogrwydd yn wyneb barn a chondemniad yw pryder nodweddiadol ein cyfnod ni, ond pryder gwacter ystyr. Er bod pobl yn pechu cyn ffyrniced ag erioed, gwnânt hynny, ebe J. R. Jones, i foddi cnul y gwacter ystyr:

> A'r her fawr i Gristnogaeth y funud hon, mi ddywedwn i, yw sut i droi'r colyn hwn yn swmbwl deffroad. [ibid., t.15]

Dyma bryder euogrwydd a phryder gwacter ystyr, ond beth am y pryder cyntefig yn wyneb tynged a thranc? Tynnwyd colyn y pryder hwn, dros dro, gan drefn a gwarchodaeth gymdeithasol a chan gynnydd ein gwybodaeth a'n dyfeisiadau gwyddonol. Daeth cynnyrch diweddaraf a rhyfeddaf ein dyfeisgarwch a'n gwybodaeth wyddonol â'r pryder yma'n ôl i galonnau poblogaethau'r byd:

> Darganfu'r gwyddonwyr y modd i ryddhau'r gronfa arswydus o nerth sydd yng ngwead atomig y greadigaeth ac mae'r byd yn hongian byth er hynny ar ddibyn posibilrwydd rhyfel thermo-niwcliar. [ibid., t.15

Mae hyn wedi gwneud ein holl grefydda'n fancrypt.

Mae J. R. Jones yn ein gwahodd, yn y fan hon, i ddod at 'thesis mawr' Bonhoeffer nad ydyw Cristnogaeth ddim yn grefydd. Nid un arall o grefyddau'r ddynoliaeth mohoni. Mae damcaniaeth bwysig gyfoes am natur crefyddau'n dal eu bod yng nghwrs datblygiad dyn yn cyfarfod â chrefu dyn am ddiogelwch a gwarchodaeth a swcwr. Dyma ddyn yn ei fabaneiddiwch. A dyna hefyd a ddigwyddodd i Gristnogaeth yng nghyfnodau cynharaf ei hanes, ei throi'n 'grefydd', yn yr ystyr ei bod yn cynnig moddion swcwr. Daeth ymyriad rhagluniaethol Duw yn swcwr yn wyneb tynged a thranc, ac athrawiaethau cymod a phrynedigaeth yn swcwr rhag pryder euogrwydd. Mae'r Gristnogaeth hon yn cael ei phrofi yn wyneb y pryder cyntefig yn wyneb tynged a thranc sydd wedi ei ddwyn i gymaint amlygrwydd yn y cyfnod presennol. Ar un ystyr 'does ganddi ddim i'w gynnig ond swcwr, ond nid yw popeth ar ben, oherwydd bod Duw'n llefaru ag acenion newydd a dieithr. Dyma acenion y pryder newydd am dranc a gydiodd mewn poblogaethau. Caeodd pryder am ddyn o'r awr y gollyngwyd y bomiau ar Hiroshima a Nagasaci, a'r paradocs yw mai dyma'r gennad dros Dduw mewn byd sy'n wag o Dduw. Ebe J. R. Jones:

> Y Bom yw cynnyrch aflanaf rhysedd dyn. Ac eto'n gwbl baradocsaidd, hi yw'r peth glanaf hefyd yn ein byd heddiw – oblegid *hi sydd yn siarad dros Dduw*. [ibid., t.16]

Yr hyn y mae crefydd swcwr yn ei gynnig yw swcwr y gobaith y bydd Duw'n ymyrryd i atal ein rhysedd ac i waredu'r byd. Ond nid felly y mae Duw'n gweithredu. Nid ymyrrodd yn Aber-fan, a pha obaith sydd gennym yr ymyrra'n wyneb y llanast hwn? Mae'r byd yn gorfod talu rhyw bris andwyol yn rhywle am fyw dan y cysgod arswydus hwn. 'Ceisiant foddi cnul y gwacter ystyr ym mwynianau pechod.' [ibid., t.18]

Tasg a chenhadaeth Iesu gan hynny yw:

> . . . sut i agor llygaid dynion mai yn greadigol y defnyddia Duw allu, a'i bod yn ddewisach gan Dduw fod yn gyfangwbl ddiallu ym myd taro a gwrthdaro ewyllysiau dynion er mwyn taflu megis i ddannedd eu crefu babanaidd am ddiogelwch, yr her ryfedd y *perffeithir* nerth ym myd taro trwy wendid a diymadferthedd – mai y rhai addfwyn, yn y pendraw, a etifeddant y ddaear. [ibid., t.14]

Nid cyfle sydd yma i Dduw oruwchlywodraethu'r amgylchiadau er mwyn profi rhagoriaeth ei nerth:

> . . . ond cyfrwng i ddysgu gwers i ddyn, y bwysicaf, yn ysbrydol, o bob gwers, sef nad yw ef ei hunan yn ddim, –

cyfrwng i'w ddiddyfnu o'r duedd i'w weld ei hun yn ganolbwynt ei fyd, a chanddo, felly, hawl i waredigaeth a swcwr. [ibid., t.57]

Mae'r posibilrwydd o ddinistr niwclir yn peri bod dyn yn yr ugeinfed ganrif wedi gweld trwy bopeth a'i ganfod yn y gwaelod yn ddiystyr. Y dasg gan hynny yw adfer ystyr mewn oes a gollodd ei ffydd. Dyma ran o argyfwng yr Egwyddor Brotestannaidd. Wyneb yn wyneb â phryder, diffiniwyd yr egwyddor honno yn nhermau'r 'cyfiawnhad trwy ffydd grediniol'. Wyneb yn wyneb ag argyfwng gwacter ystyr ein dyddiau ni, yr angen yw ei diffinio yn nhermau'r 'cyfiawnhad drwy ffydd anghrediniol-ymofynnol'. Mae J. R. Jones yn dal, gyda Paul Tillich, fod y diffinio hwn o fewn ffiniau'r Egwyddor Brotestannaidd. Dyma'r unig ffydd bosib i filoedd mewn oes a oddiweddwyd gan wacter ystyr. Gan hynny

> Nid oes ond un ateb – am ystyr, am ystyr eithaf bodolaeth, am y sicrwydd bod i fodolaeth ystyr; ac am graidd neu ddyfnder yr ystyr, nid am y plisg a gorfforwyd yn yr arfer o roi ar yr ystyr enw Duw. [idid., t.23]

Gweld mynydd o fai ar y dyn sydd wedi mynd i fethu credu yn Nuw y mae gwŷr yr achub, a hynny am eu bod wedi anghofio trugaredd Iesu. Yn wyneb hyn, daw ffydd yn newyn a syched, yn ymchwil a brwydr. Mae dyn yn cael ei gyfiawnhau gan Dduw Iesu Grist drwy ei ffydd anghrediniol, 'drwy dy newyn a'th syched am ffydd'. Galwodd Paul Tillich y ffydd chwyldroadol hon yn 'ffydd ddiamod' – ffydd heb unrhyw gynnwys arbennig iddi. Profiad ydyw o gael gafaelyd ynom gan 'nerth' neu 'ddyfnder' neu 'ystyr' Bod. Galwad Tillich yn ei bregeth, 'You Are Accepted', i'r sawl sy'n hiraethu am Dduw ac yn methu ei ganfod, y sawl sydd am i Dduw ei gydnabod ac sy'n methu credu ei fod Ef, yw iddo dderbyn ei fod yn cael ei dderbyn. Ni allwn drawsnewid ein bywydau oni chaniatawn eu trawsnewid gan ras. Yr hyn a wêl J. R. Jones tu hwnt i ffydd, y ffydd a gollwyd, yw'r 'ffydd ddiamod', a thu draw i'r cyfiawnhad trwy gredu, y cyfiawnhad trwy chwilio:

Ac i'r ffydd honno, nid oes i'r Hwn sydd yn dy dderbyn ac yn dy gyfiawnhau ddim enw – fel na fyger mo gri dy syched gan gnul y gwacter ystyr a ddaeth ar warthaf pob 'enw'. Na *ofyn* am ei enw. Cred. Gafaeler ynot gan 'nerth' a chan 'ystyr' gwaelodion dy fod – 'a thi a gei wybod ar ôl hyn.'

[ibid., t.25]

Wrth fynd ati i ddehongli'r ffydd ddyneiddiol, fe gydnebydd J. R. Jones iddi gael mwy nag un ergyd, nes ei gwneud yn anodd ei choleddu. Os gallodd gydnabod hynny'n 1944, pa faint anos yw hi goleddu'r ffydd hon a ninnau'n agosáu at ddiwedd yr ail fileniwm? Go brin y gwelwyd canrif fwy barbaraidd na'r ugeinfed. Rhaid gofyn a yw'r safbwynt hwn yn dal dŵr? 'Rydym wedi'n rhybuddio gan Reinhold Niebuhr i beidio ag anwybyddu'r elfen drasig mewn bywyd. Canlyniad yr anwybyddu hwnnw yw credu bod cynnydd yn anochel a bod trefn gyfiawn ar gymdeithas yn ddiwrthdro ac yn bosibilrwydd rhwydd. Cryfder safbwynt Niebuhr, a fyn bwysleisio'r elfen drasig sydd yn tarddu ym mhechadurusrwydd dyn, yw ei fod yn ein cadw rhag siom pan fo breuddwydion yn cael eu chwalu a rhag siniciaeth pan fo amgylchiadau'n lladd delfrydau. Gwendid y safbwynt yw ei fod yn anwybyddu'r tueddiadau a'r dreif at ddaioni sydd mewn dyn, nes gwneud cyfiawnder yn amhosib a'i adael yn ddelfryd yn unig. Y dewis yw rhwng safbwynt y rhai sydd â hyder yn y natur ddynol nad yw'r natur honno'n ei gynnal a'r rhai hynny a edrychodd mor ddwfn i'w heneidiau eu hunain nes methu ymddiried mewn corsen mor ysig. Mae cwestiwn yn codi, gan hynny, a yw'r darlun o ddyn fel ceubwll o ddrygioni'n gwneud cyfiawnder â'r darlun ohono a gynigir gan y Testament Newydd? Mae meddwl am y byd yn nhermau dim byd mwy na'r ceubwll o ddrygioni hwn yn lladd y gobaith am gynnydd mewn hanes. 'Does dim ysgogiad ychwaith dros ei geisio. Neges y Testament Newydd yw bod Crist wedi dod i'r byd a hynny'n rhoi inni neges fod dyn yn achubadwy. Mae J. R. Jones, wrth ddadlau dros y ffydd ddyneiddiol am mai honno oedd ffydd Iesu, yn cadw'n ffyddlon i weledigaeth y Testament Newydd yn yr ystyr na chollodd Iesu ei ffydd, hyd yn oed yn wyneb barbareiddiwch Calfaria. Mae'n wir bod J. R. Jones yn darlunio'r barbareiddiwch yn nhermau dallineb dyn a'i waredigaeth yn nhermau ei oleuo nes ei wneud ei hun yn agored i'r feirniadaeth ei fod yn cymryd golwg ysgafn ar bechod a drygioni. Dyma'r feirniadaeth a gynigiwyd ar ryddfrydiaeth ddiwinyddol a chymdeithasol ddechrau'r ganrif. Ond fel mynegiant o'r ffydd a'r gobaith a goleddai Iesu ynglŷn â dyn, fe geidw J. R. Jones yn ffyddlon i dystiolaeth y Testament Newydd.

Wrth gyplysu hyn â'r rhyddid a ddaw o dderbyn y gwirionedd, mae J. R Jones yn croesawu'r chwyldro gwyddonol. Gwêl y chwyldro hwnnw'n ein dysgu i wynebu ffeithiau'n ddi-duedd a gwrthrychol. Yn ei draethiadau diweddarach, megis ei gyfweliad teledu â Gwyn Erfyl, mae'n ymddangos yn fwy beirniadol o wyddoniaeth a'i ffrwyth technolegol. Wrth gwrs, 'doedd y dablygiadau y gwyddom ni amdanynt ddim wedi digwydd pan gyhoeddodd J. R. Jones ei ysgrif yn *Credaf* (1943). Mae'r naill lith yn llith cyn gweld effeithiau llawn y chwyldro a'r llall wedi inni gael cyfle i'w pwyso a'u mesur. Rhaid cofio bod un cyn yr impact llawn a'r llall yr ochor arall i hynny. Ond yr hyn y gorfodir ni i'w ofyn yw, onid yw ei folawd ymddangosiadol ddifeirniadaeth i wyddoniaeth yn 1943 yn rhannol gyfrifol am eilun-addoliaeth y meddwl cyffredin a'i hyder digwestiwn yng ngwaith y gwyddonydd? Bellach, mae gwyddonwyr yn sôn am 'gyfanfyd penagored' ac yn cydnabod yr hyn a alwodd Heisenberg yn 'egwyddor ansicrwydd' (*uncertainty principle*). Nid yw gwyddoniaeth mor hunanhyderus ag yr oedd hanner cant a thrigain mlynedd yn ôl. Rhaid bod yn ymwybodol o'r gwahaniaeth hwn wrth ddarllen a chloriannu cyfraniad J. R. Jones yn *Credaf*, a chydnabod mai ef fyddai'r cyntaf i gydnabod ac ystyried amodi ei safbwynt yn wyneb amgylchiadau newydd. Ond yr hyn a erys yn werthfawr yn ei bwyslais yn 1943 yw'r pwys a rydd ar wynebu ffeithiau'n wrthrychol a diduedd.

Mae'n siŵr bod llawer wedi gofyn a yw Duw fel

'Dyfnder Bod' yn un y gellir gweddïo arno? Dibynna'r ateb ar sut yn hollol yr ydym yn meddwl am weddi ac yn diffinio beth yw gweddi. Pe cymerem y diffiniad hwn o eiddo Wittgenstein o weddi:

> Credu yn Nuw ydyw gweld fod i fywyd ystyr.
> A gweddïo yw meddwl am ystyr bywyd. [*Ac Onide*, t.34],

nid yw'r anhawster hwn gymaint ag yr ydym wedi ei dybio'n gyntaf. Y feirniadaeth yw bod y ffordd hon o feddwl ac o sôn am Dduw yn difetha'r ymdeimlad o berthynas â Duw. Ond yr hyn a mae'r anogaeth inni dderbyn y ffaith ein bod yn cael ein derbyn yn ei wneud yw defnyddio termau cynhesrwydd a pherthynas. A 'does dim pwynt i amryfal draethiadau J. R. Jones ar wahân i'w gred yn Nuw. Yn yr ystyr hwn, annheg yw taflu'r cyhuddiad i'w wyneb ei fod yn gwadu Duw. Yr hyn sy'n ei boeni yw'r anhawster o gyflwyno'r gred hon yn yr ugeinfed ganrif. Mater arall yw dweud a lwyddodd ai methu gyda'r dasg a osododd iddo'i hun. Dweud nad bod ym mysg bodau mo Dduw a wna, ond mai am fod ymysg bodau yr ydym yn sôn amdano'n yr eglwysi. Ceisio gwahaniaethu rhwng tragwyddoldeb a bodolaeth y mae. 'Does neb a feiddiai wadu bod ganddo rybudd sy'n dra gwerthfawr i bawb ohonom.

Mae'r cyflwyniad hwn o safbwynt J. R. Jones ynglŷn â Christnogaeth yn cyfeirio at 'Dduw' ac at 'Iesu Grist'. 'Does dim sôn yma am yr Ysbryd Glân. Y rheswm am hynny yw na chafodd yr athrawiaeth honno le ganddo. Wrth gyfeirio at hyn, mae Pennar Davies yn dweud bod Duw y Creu wedi ei gloi ei hun allan o'i greadigaeth yn ôl athrawiaeth J. R. Jones. Deil Pennar Davies fod yna Ryddid yn y Greadigaeth sy'n golygu bod yna rywbeth heblaw Rhaid a Siawns ar waith ynddi:

> Onid y Rhyddid yma ydyw'r Gwynt sy'n chwythu lle y mynno, yr Ysbryd Glân na chafodd droedle o gwbwl yn y ddiwinyddiaeth anorffen hon?
> [*Diwinyddiaeth J. R. Jones*, t .11]

Mae'n anwybyddu diwedd Stori Sadrach, Mesach, ac Abednego sy'n dweud bod yna rywun tebyg i Fab Duw i'w ganfod gyda hwy'n y ffwrn dân, 'pedwar o wŷr rhyddion yng nghanol y tân'. Dyma sylw Pennar Davies ynghylch yr anwybyddu hwn yn y bregeth 'Ac Onide', nad yw

> ... yn cwmpasu Delw'r Anghyffelyb a'r Crist disgwyliedig a Phobl yr Arglwydd â'r Ysbryd Glân. [ibid., t.11]

Er y byddwn yn manteisio'n yr adran nesaf ar y cyfle i ymhelaethu ar ddylanwad Reinhold Niebuhr ar J. R. Jones, dylid nodi bod y feirniadaeth yma gan Pennar Davies yn hynod debyg i'r hyn a ddywedwyd am Niebuhr, sef ei fod yn ddiffygiol mewn eglwysigiaeth. 'Run feirniadaeth ydyw mewn gwirionedd. Y duedd yw gwrthod y feirniadaeth am ddiffyg eglwysigiaeth Niebuhr, a hynny ar sail cyfeiriadau digon aml at yr eglwys yn ei weithiau. Ni pheidiodd ychwaith ag ymuno yn addoliad yr eglwys na pheidio ag arwain ei gwasanaethau. 'Roedd y pwynt olaf hwn yn wir am J. R. Jones hefyd, gan iddo barhau fel 'pregethwr' yn ei enwad gydol ei oes. 'Y ddiwinyddiaeth anorffen hon', meddai Pennar Davies yn y dyfyniad uchod gydag awgrym, pe cawsai J. R. Jones fyw, y byddai wedi cwblhau ei ddiwinyddiaeth gyda dadansoddiad o athrawiaeth yr Ysbryd Glân. Dywedodd rywbeth tebyg wrth drafod, 'Cyfaredd y Cyfan ym meddwl J. R. Jones':

> Nid oedd J. R. Jones wedi terfynoli ei athrawiaeth grefyddol pan fu farw: yr oedd yn dal i droi a throsi ac yn dal i dyfu. [*Efrydiau Athronyddol* 1972, t.23]

Mae'r hyn a ddywedodd yn bwysicach na'r hyn nas dywedodd, yr hyn a gyflwynodd yn bwysicach na'r hyn nas cyflwynodd.

Mae'r hyn a ddywedodd J. R. Jones am 'grefydd swcwr' yn agored i feirniadaeth a chamddehongliad os cyfystyriwn 'gysur' a 'swcwr'. Am ein bod yn gwneuthur hynny, ymddengys J. R. Jones fel pe bai'n gwadu i grefyddwyr yr hawl i dynnu cysur o'u crefydd. Dweud a wnaeth fod pryder gwacter a phryder gwacter ystyr yn bod am fod gwythïen ein sicrwydd am ystyr wedi sychu. Mae ei ddadansoddiad o wacter ystyr yn digwydd 'run pryd â'i apêl am inni dderbyn y ffaith ein bod yn cael ein derbyn. Hynny yn ei farn ef yw'r ateb i'r gwacter ystyr. Mae cysur yn codi o sicrwydd. Yr hyn sy'n groes i bryder yw cysur, a cheir hynny yng ngwaith J. R. Jones, neu o leiaf ddynodiad o'r modd i'w feddiannu. Mae digon ohonom a ddywed ei bod yn ddrwg ar grefydd yng Nghymru, ond yn dirgel fynnu bod popeth yn iawn yn y gwaelod. Mor fynnych y clywir mewn llysoedd crefyddol am gymhariaeth y gwanwyn wedi'r gaeaf, a chymhariaeth y llanw wedi'r trai. Wedi'r cyfan, mae Cristnogaeth ein tadau gennym i droi ati. Rhyw ddadlau'r ydym fod popeth yn iawn yn y gwaelod ac y daw pethau'n iawn yn y man. 'Run ddadl sydd i'w chael yn y cylch cymdeithasol pan ddywedwn y bydd Duw'n ymyrryd i atal dinistrio'r greadigaeth fel canlyniad i rysedd dyn yn defnyddio'r grym niwcliar. Os credwn gyda J. R. Jones nad yw Duw'n ymyrryd yn y modd hwn, nad Duw yr ymyriad rhagluniaethol ac achlysurol yw'n Duw ni, yna gobaith ffals a swcwr nad oes gyfiawnhad iddo yw credu y bydd Duw'n ymyrryd i atal y rhysedd yma o'n heiddo ni. Hwn yw cyd-destun y sôn am 'grefydd swcwr'. Mae'r swcwr yn dibynnu ar gredu na chaniatâ Duw inni ddinistrio'r byd, ac mae gan J. R. Jones wrthwynebiad athrawiaethol i'r syniad. Darlun yw 'crefydd swcwr' o ddyn sy'n gwrthod bod yn gyfrifol yn ei fyd ac am ei fyd. Os nad yw crefydd yn ein dysgu i edrych ar fywyd a'i ffeithiau'n wrthrychol a diduedd, yna nid oes ganddi ddim i'w gynnig ond swcwr anaeddfed. Hynny sydd dan lach J. R. Jones, ac y mae hynny'n hollol wahanol i'r cysur aeddfed a oedd gan Iesu i'w gynnig.

YR ATHRO J. R. JONES

III

CYMDEITHAS

'Roedd dau beth a'i gwnâi'n amhosib i J. R. Jones fod wedi ymgyfyngu i'w ddiddordebau athronyddol pur, yn gyntaf, yr union gwestiynau a'i blinai fel athronydd (statws y cyffredinolion a'u perthynas â'r pethau unigol, a mawr ddirgelwch yr hunan), a thynfa dolur dyn yn ail. Y cyfuniad o'r ddeubeth hyn a'i gwnaeth yn sylwedydd mor graff ar gymdeithas. Os digwyddodd newid yn ei bwysleisiadau cymdeithasol, mae edefyn yr Egwyddor Brotestannaidd yn dal yn rhan ddigwestiwn o'i draethiadau.

'Rydym yn gweld diddordeb cymdeithasol J. R. Jones mor bell yn ôl ag anerchiad a draddodwyd yng Nghymdeithasfa'r Wyddgrug o Eglwys Bresbyteraidd Cymru, Mehefin 1942, 'Eglwys Crist a'r Gwareiddiad Newydd'. 'Roedd y meysydd yn wynion i gynhaeaf chwyldro cymdeithasol, ac amcan yr anerchiad oedd ystyried y sialens i Eglwys Crist yn y sefyllfa hon. Ar wahân i'r Undeb Sofietaidd, trefn gyfalafol a oedd ar gymdeithas. Dyma'i ddiffiniad o gyfalafiaeth:

> . . . gwneuthur mwyafrif poblogaeth gwlad yn iswasanaethgar i leiafrif breiniol.
> [*Anerchiadau Cymdeithasfaol*, t.29]

Ymdrech faith i gael gafael ar ddaioni'r ddaear heb dalu pris caledwaith amdano fu hanes dyn drwy'r cenedlaethau. Darganfu dyn ei bod yn bosib gorchfygu prinder trwy ddyfeisio peiriannau i ysgafnhau llafur a thrwy roi eraill i weithio'n ei le. 'Roedd yn bosib i'r darganfyddiad cyntaf fod wedi rhyddhau pawb i raddau rhag angenrhaid gwaith, ond ni allesid bod wedi gweithredu'r ail heb fod rhyw rai mewn cymdeithas yn feistriaid a orfodai eraill i weithio a chario'r beichiau. Sicrhawyd y drefn gymdeithasol a oedd yn angenrheidiol i weithredu'r ail ddarganfyddiad trwy Gaethwasiaeth a Ffiwdaliaeth yn eu tro. Cyfundrefn gyfalaf sydd gennym bellach ers cenhedlaeth neu ddwy. Nodweddion y Gyfundrefn Gyfalaf yw mai yn ei chyfnod hi y cymerwyd y camau brasaf mewn dyfeisio peiriannau i orchfygu prinder, bod meistri cyfalaf yn berchen adnoddau a pheiriannau, a'u bod, trwy sicrhau dynion o'r dewis creulon rhwng gweithio neu fyw ar gardod, yn dal yn berchen dynion. 'Roedd gan weision cyfalaf (y gweithwyr) yr enw o 'ryddid':

> Erys y ffaith serch hynny na wna cyfundrefn cyflog a phroffid ond cadw'r gwareiddiad diwydiannol modern o fewn terfynau'r berthynas rhwng meistr a gwas, a pharhau felly yr arfer o wneuthur un dosbarth yn iswasanaethgar i'r llall. [ibid., t.30]

Mae'r Beibl yn mynnu bod y sawl a freiniwyd yn anghymedrol yn debycach o syrthio i'r rhysedd o'i wneud ei hun yn rhywbeth nag ydyw'r tlawd a'r dinod yn debyg o'i wneud. Cyhoedda'r Beibl ei farn drymaf ar fawrion a chedyrn cymdeithas:

> hwynt-hwy sydd fwyaf euog o'u dyrchafu eu hunain ar draul eu cyd-ddynion a gwneuthur camwri. Ac yn wyneb y lle amlwg sydd i olud a breiniau personol yn y gyfundrefn gyfalaf, y mae'n bwysig sylwi y cyhoeddir barnedigaethau proffwydi fel Amos ac eraill yn arbennig ar wŷr o *foddion* – y beilchion goludog . . . [ibid., t.31]

Mae'r un nodyn barnol i'w gael hefyd yn y Testament Newydd, yn enwedig yn Efengyl Luc ac Epistol Iago. Negyddol yw'r nodyn barnol hwn yn agwedd y Beibl at bob hunan-ddyrchafu, felly mae'n rhaid holi am gyfraniad Cristnogaeth at iacháu'r berthynas rhwng dynion a'i gilydd. Mae ei chyfraniad yn y gorchymyn newydd ar inni garu ein gilydd, caru ein cymydog fel ni'n hunain. Diffinnir amodau cymdogaeth dda yn Nameg y Samariad Trugarog. Cymundeb seiliedig ar rannu pethau yw gwir gymdogaeth. Mae'n bwysig dehongli delfryd cariad yng ngoleuni'r pwynt hwn. Meddai J. R. Jones:

YR ATHRO J. R. JONES

> Credaf y dysg Cristnogaeth yn bendant fod yn rhaid ei osod ar seiliau materol, h.y., ar rannu a chydfeddiannu pethau.
> [ibid., t.32]

Llwyddodd yr Eglwys i weithredu rhyw fath o gomiwnyddiaeth wirfoddol tra parhaodd y cylch yn fychan. Torrodd yr abrawf i lawr pan ehangodd y cylch ac ymdoddi o'r gymdeithas Gristnogol i'r gymdeithas gyfan. Ofer felly oedd i gymdeithas fel cyfundrefn weithredu oddi ar gymhelliad cariad a chydfeddiannu eiddo'n wirfoddol. Y broblem yw cymhwyso delfryd cariad yn uniongyrchol at gymdeithas. Gallwn daro ar unigolion cymharol anhunanol ac mae ystyr mewn pregethu delfryd cariad i unigolion. Rhwymyn cariad i gryn raddau sy'n dal wrth ei gilydd gymdeithasau bychain fel teulu neu eglwys. Mae'r gymdeithas fawr:

> ... yn cydio wrth ei gilydd, â rhwymau cyfundrefnol ac amhersonol, unigolion o bob math, gan grynhoi a gwneuthur un cyfanswm o'u tueddiadau hunanol.
> [ibid., t.33]

Mae diffyg adnabyddiaeth a chyfathrach bersonol o fewn y fath gymdeithas yn esbonio'r oerfelgarwch a'r dibristod o dynged y naill a'r llall sy'n ei britho. Mae'n bosib dehongli hanes yr Eglwys, meddai J. R. Jones, yng ngolau'r syniad iddi weld, er inni fethu cyrraedd delfryd cariad, y gallwn syrthio'n ôl ar ddelfryd sy'n is na delfryd cariad. Y ddelfryd honno yw delfryd cyfiawnder, a hi sy'n dod agosaf at gyflawni ewyllys Duw yng nghyfundrefn cymdeithas. Gellir egluro'r berthynas rhwng cariad a chyfiawnder :

> ... trwy ddywedyd bod *bwriad* cariad dan orfod i'w fynegi ei hun yng ngwead eang cymdeithas fel *cyfiawnder*, drwy beri cyfundrefnu'r goddefgarwch a'r tegwch a'r cyd-weithredu sy'n dyfod yn gwbl naturiol i ddynion a fu'n adnabod ac yn caru ei gilydd. [ibid., t.34]

Camgymeriad yr Eglwys yn y gorffennol oedd iddi gadw'r elfen o gydraddoldeb allan o gyfiawnder, yr elfen sy'n gwneud gwir gyfiawnder yn gyfiawnder i bawb. Canlyniad hyn oedd i gyfiawnder fynd yn enw arall ar drefn a diogelwch y gymdeithas anghyfiawn a oedd yn bod ar y pryd:

> Cyfiawnder, meddai'r Eglwys, ydyw cadw trefn, diogelu cymdeithas rhag anarchaeth a chwyldro; ond am fod y drefn a oedd i'w chadw (yn ôl arfer cyfundrefnau dynion) yn drefn anghydradd ac anghyfiawn, daeth yr Eglwys a bregethai'r cyfryw gyfiawnder allan fel cefnogydd annhegwch a chamwri. [ibid., t.34]

Collwyd nodyn barnol y Beibl nes bodloni ar i gymundeb sentiment wneud y tro'n lle gwir gymdogaeth. Y canlyniad yn Ewrop oedd i'r frwydr dros fuddiannau'r werin:

> . . . yn enw cyfiawnder cydradd, fynd yn fudiad seciwlaraidd, annibynnol ar Gristnogaeth. [ibid., t.34]

Dechreuodd 'efengyl' gymdeithasol anffyddol lefeinio meddwl gwerinoedd y gwledydd, sef Sosialaeth neu Gomiwnyddiaeth Karl Marcs.

Mae dau beth yn debyg rhwng Marcsiaeth a Christnogaeth – ei hagwedd farnol at fawrion a goludogion cymdeithas, a'i hanobaith am weld cyfundrefnu gwirfoddol ar gyfiawnder a thegwch. Er ei bod yn canfod, fel Cristnogaeth, afael hunangais ar gymhelliad dynion, mae Marcsiaeth yn ei gyfyngu i ddosbarth y perchenogion eiddo. Cwestiwn o frwydr dau ddosbarth yw'r broblem, gwrthryfel y gweithwyr yn erbyn hunangais perchenogion. Breuddwyd ofer, yn ôl Marcs, yw disgwyl i'r perchenogion ddirymu eu breintiau'n wirfoddol a chyfundrefnu cyfiawnder ohonynt eu hunain. Rhaid felly angerddoli gwrthryfel y gweithwyr yn erbyn anrhaith y cyfalafwyr hyd nes y digwyddo chwyldro. Bydd awenau'r llywodraeth yn pasio wedyn i ddwylo'r dosbarth gweithiol.

Mae'n bwysig wynebu problem Marcsiaeth, oherwydd wedi darostwng llwch y rhyfel, a chofier mai yn 1942 y traddodwyd yr anerchiad, y ffaith fwyaf fydd yr hawlio ar berchenogaeth gyfrifol gyhoeddus o eiddo pwysig y byd. Ond beth a ddylai agwedd yr Eglwys fod? Dylai gadw mewn cof, gyda'r Marcsydd, fod cymdeithas yn anochel dan lywodraeth hunangais cyfundrefnol a chorfforaethol

YR ATHRO J. R. JONES

a bod rhaid iddi ildio i berswâd delfryd cariad a byw cymdogaeth dda o'i gwirfodd. Mae dau beth yn agored i'r Eglwys, yn ôl J. R. Jones:

> (i) dal i bregethu Cariad fel y ddelfryd u*chaf,* (ii) gofalu rhag i'r sôn am gariad droi yn sentiment rhagrithiol drwy frwydro *yr un pryd* dros y ddelfryd a fedr ddyfod nesaf at gymhwyso bwriad cariad at fywyd cymdeithas, sef delfryd cyfiawnder neu degwch. [ibid., t.36]

Ni ellir gorfodi gweithredoedd cariad, dim ond trefnu cymdeithas ar gyfer eu gwneuthur yn haws drwy symud rhai o'r rhwystrau oddi ar y ffordd. Bydd cyfundrefnu cyfiawnder yn bosib drwy oruchwylio amodau cytundeb a chyfathrach.

Dylai'r Eglwys ddilyn esiampl y Marcsiaid a chyfnewid cyfiawnder yn yr ystyr o 'drefn' am egwyddor foesol chwyldroadol cyfiawnder cydradd. Meddai J. R. Jones:

> Mewn geiriau eraill, daeth yn amser iddi gymryd i fyny achos y gorthrymedig yn ôl esiampl y Beibl, ac fe olyga hynny heddiw ei bod hi'n cefnogi'n agored brif ddibenion Sosialaeth. [ibid., t.37]

Onibai bod yr Eglwys yn cychwyn gyda chydraddoldeb i bawb, bod pob gwir degwch yn degwch i bawb, ni chlyw dynion nodyn barnol, proffwydol yn ei llais. Fe ddylai ddod i mewn i'r frwydr nid yn unig er mwyn ei hachub ei hun, ond

> . . . hefyd i achub ffrwythau'r oruchafiaeth rhag troi yn afalau Sodom yng ngenau'r gwerinoedd. [ibid., t.37]

Mae gan yr Eglwys gyfraniad pwysig i'w wneud oherwydd mai hi'n unig sy'n dwyn tystiolaeth i dri gwirionedd am ddyn nad oes dim syniad amdanynt mewn un efengyl arall:

> . . . (1) mai sefyllfa feidrol dyn sy'n ei demtio i bechu drwy beri iddo geisio ei ddyrchafu ei hun a honni bod yn rhywbeth mwy nag ydyw; (2) bod hyn yn gwneud dynion oll fel ei gilydd yn agored i demtasiwn hunanoldeb ac yn gosod y ddynoliaeth oll dan farn Duw; (3) nad oes obaith am iachâd i glwyf dyfnaf dyn ond drwy'r sicrwydd fod gair olaf Duw nid yn air o farnedigaeth ond yn air o Gymod a Maddeuant. [ibid., t.38]

Pan yw Iesu'n annog ei ddisgyblion i beidio â 'gofalu dros drannoeth', mae'n rhoi ei fys ar wreiddyn hunanoldeb dyn, sef ei bryder. Mae gwreiddyn pryder yn llawer dyfnach nag ansicrwydd bywoliaeth dan y gyfundrefn gyfalafol fel y myn y Sosialydd a'r Comiwnydd. Fel creadur meidrol, mae dyn yn gaeth i reidiau natur ac yn ddarostyngedig i ddamweiniau amser, ond fel ysbryd rhydd y mae'n medru codi uwchlaw iddo'i hun a gweld ei gyflwr meidrol. Ni all nad yw'n rhagweld ei beryglon ac fe esgor hynny ar bryder. Yn lle ceisio ymwared trwy ymddiried yn Nuw, mae dyn yn ceisio ymwared trwy ei berswadio'i hun nad meidrol mohono. Mae hyn yn arwain at wirionedd pellach:

> Os ym mhryderon meidroldeb y mae gwreiddiau hunangais ac nid yn y sefyllfa gymdeithasol fel y cyfryw, yna y mae pawb fel ei gilydd yn agored iddo, a'r ddynoliaeth oll yn bechadurus yng ngwydd Duw. [ibid., t.38]

Camgymeriad sylfaenol y Marcsiaid yw troi eu beirniadaeth finiog at un dosbarth yn unig, sef y cyfalafwyr, a chymryd yn ganiataol y bydd y llywodraethwyr Sosialaidd yn anllygredig. Yr unig feddyginiaeth rhag y gwenwyn marwol hwn yw'r gwirionedd fod pawb yn bechaduriaid yng ngwydd Duw.

Mae Cristnogaeth sy'n cyhoeddi bod y Duw sy'n sefyll yn farn ar holl hanes dynion wedi torri i mewn i'r hanes hwnnw. Gwnaeth i bechod ymddangos yn holl hagrwch ei ganlyniadau trwy ei roddi ei Hunan yn ysglyfaeth iddo ar y Pren. Eto nid yw ei air olaf yn farnedigaeth ond yn Drugaredd a Maddeuant. Meddai J. R. Jones:

> Eithr sylwer yn fanwl nad yw'r gwirionedd hwn yn symud yr angen am efengyl gymdeithasol. Fe dynnai hynny o dan sail y cyfan a ddywedais. [ibid., t.40]

Mae'n digwydd bod y mwyafrif o aelodau crefyddol yn bobl weddol gefnog. Y perygl yw i'r sôn am Ragluniaeth ar eu gwefusau hwy fod yn ddim amgen na rhyw fath o'u llongyfarch eu hunain am fod eu llinynnau wedi disgyn mewn lleoedd mor hyfryd. Ond, fel y dywed J. R. Jones, yr ateb i gŵyn y gwawdiwr sy'n edliw nad yw

YR ATHRO J. R. JONES

Rhagluniaeth yn rhannu ei doniau'n deg o gwbwl yw:

> . . . nad coll *rhagluniaethol* mo'r tlodi a'r angen sydd yn y byd, *ond diffyg cyfundrefn cyfiawnder*. [ibid., t.40]

Mae'n wir bod Duw'n agor ei law i ddiwallu popeth byw, ond trwy gyfrwng cyfundrefn economaidd y daw'r doniau hyn. Honno sy'n breinio rhai yn anghymedrol ac felly, yn amddifadu rhai eraill o'u cyfran. Sialens i ochr weithredol, gymdeithasol yw ymddiried yn rhagluniaeth Duw. Ni fwriadodd Duw i neb fod mewn eisiau; felly ewyllysio'r cyfiawnder cydradd yw'r unig beth a all sicrhau na fydd eisiau ar neb.

Traddododd J. R. Jones anerchiad arall yng Nghymdeithasfa Machynlleth, mis Hydref 1942, *Sefwch gan hynny yn y Rhyddid*. Mae'n cychwyn ei anerchiad gyda chwedl o un o nofelau mawr Rwsia, y chwedl am Iesu'n dychwelyd i blith dynion a hynny heb ei ddisgwyl. Daw i ddinas Seville yn Sbaen pan oedd y Chwilys Pabaidd yn llosgi dynion am feddwl trostynt eu hunain. Mae Iesu'n crwydro palmentydd y ddinas a thrwy ei dosturi enfawr yn tynnu pobl ato. Daw'r Penchwiliadur heibio a'i gythruddo gymaint o weld dylanwad y wyrth ar y bobl nes gorchymyn cymryd Iesu i ddaeargell y Chwilys.

Adroddiad o'r pethau a ddywedodd y Cardinal wrth Iesu yw gweddill y chwedl. Byrdwn geiriau'r Penchwiliadur yw i'r Iesu ddod at ddynion heb ddim i'w gynnig iddynt ond rhyddid, a 'does dim yn fwy annioddefol ganddynt na rhyddid. Ni all dynion ddwyn y baich o wneuthur dewisiadau mawr eu bywyd trostynt eu hunain. Dyma gwestiwn y Penchwiliadur i'r Iesu:

> A anghofiaist ti mai gwell gan ddyn heddwch, a hyd yn oed farwolaeth, na bod yn rhydd i ddewis trosto ei hun yn y wybodaeth o dda a drwg? [gw. *Anerchiadau Cymdeithasfaol,* t.4]

Dymuniad Iesu oedd ymlyniad dyn o'i fodd. Yn lle meddiannu rhyddid dynion fe'i helaethwyd gan Iesu. 'Roedd ganddo feddwl rhy uchel o ddyn wrth dybio y gallai gario baich ei ryddid:

Dangoswn iddynt nad ydynt ond plant gresynus, ond dangoswn iddynt hefyd mai dedwyddwch plentyn yw'r melysaf oll. [ibid., t.42]

Dyna ddadl y Cardinal. Ond nid yw Iesu'n cynnig gwrthddadl. Nid yw'n ateb gair, dim ond cusanu'r Cardinal ar ei enau hen a chael ei ollwng allan i'r nos.

Pwrpas J. R. Jones yn tynnu sylw at y chwedl yw dangos ei bod yn ein cyflwyno i her cyfiawnhau democratiaeth. Dyma'r her fwyaf enbyd a fwrir atom ar hyn o bryd, 'ar hyn o bryd' yn golygu'r amgylchiadau yr oedd J. R. Jones yn llefaru ynddynt. Er treiglo o'r blynyddoedd ers Cymdeithasfa Machynlleth, 'does fawr iawn o angen amodi'r farn hon o'i eiddo. Deil ysbryd y Cardinal i gerdded y gwledydd gan haeru na fedd y werin gyffredin mo'r nerth i gario baich cyfrifoldeb rhyddid. A 'does dim sy'n nes at galon Cristnogaeth na'i phwyslais ar ryddid. Mae'r ffaith na ddywedodd Iesu air yn ôl wrth y Cardinal yn cyfateb i'r ffaith fod y ddadl gryfaf fel pe bai'n eiddo gwrthwynebwyr rhyddid. Wrth ryddhau dynion yn foesol ac ysbrydol, fe'u teflir yn ôl ar eu hadnoddau eu hunain ac y mae hynny'n ormod o faich iddynt yn ôl yr Anghrist. Fel hyn y mae J. R. Jones yn crynhoi'r ddadl:

> Ni all dynion fod yn *rhydd* ac yn ddedwydd yr un pryd . . . – *Ac er mwyn dedwyddwch dynion eu hunain* gan hynny, hi a ddaeth yn amser i gymryd oddi arnynt eu rhyddid i feddwl a dewis drostynt eu hunain. Hi a ddaeth yn hen bryd gorseddu Awdurdodaeth ym mhob cylch o fywyd er mwyn diogelwch. [ibid., t.43]

Heuwyd hadau'r meddylfryd hwn yn dew yn Ewrop yn ystod ein cenhedlaeth ni a gwelwyd ers tro fedi'r cynhaeaf. Cefnogwyd gwrthryfel Ffranco gan y Pab a dangosodd hynny ei bod yn ddewisach gan y Babaeth gymorth Natsi a Meriaid Islam er diogelu ei huchafiaeth yn Sbaen yn hytrach na rhoi cyfle rhyddid i'r Sbaenwr cyffredin i feddwl trosto'i hun. Gorchfygwyd Ewrop gan yr athrawiaeth am ddarostyngiad yr unigolyn i'r Wladwriaeth a'r athrawiaeth am ei dyletswydd hithau i ddiogelu dynion rhag cyfleusterau annibyniaeth trwy oruwchreoli pob agwedd o'u bywyd:

> A thristach fyth, hwyrach, yw gweld ein gwlad ni ein hunain yn ei hymdrech yn erbyn y pwerau toalitaraidd, yn graddol yfed o'u hysbryd ac yn mynd yn fwy-fwy i wneuthur gweithredoedd Awdurdodaeth er ei bod yn sôn mwy nag erioed am Ryddid. [ibid., t.44]

Gwelai J. R. Jones fod angen ein dygn rybuddio rhag y perygl yr ydym ynddo.

Hanfod y broblem i'r rhai sy'n proffesu'r Efengyl Gristnogol yw dealltwriaeth ddyfnach o ystyr yr awdurdod a berthyn i'n Harglwydd Iesu Grist. Portreadwyd Crist fel brenin a'i awdurdod yn ddwyfol a sanctaidd, ond nid brenin yn ystyr gyffredin y gair ydyw. Mewn croes y mae ei ogoniant ac nid mewn coron. Awdurdod dioddefydd, nid yn clymu a chaethiwo ond yn rhyddhau, yw awdurdod Iesu. Mae dyn, wrth ei roi ei hun i'r Iesu, yn dod i feddiant llawn ohono'i hun. Wrth blygu iddo, nid ysigo'i ddynoliaeth a wna dyn ond ei hunioni a'i grymuso. Meddai J. R. Jones:

> Awgrymaf mai angen daeraf ein pobl i gyfarfod â 'her yr Anghrist hy' yw'r angen am ddealltwriaeth o'r newydd o'r berthynas sydd rhwng awdurdod yr Iesu a'i ddioddefiadau. [ibid., t.45]

Ein hangen yw dychwelyd at y pwyslais Protestannaidd nad at wybodaeth dyn y mae apêl y gwirionedd Cristnogol ond at ei ffydd. Esgorodd Awdurdodaeth yr Oesoedd Canol Catholig ar ymgais i resymoli Cristnogaeth a'i gwneud yn fater o wybod. Nid am ddim ychwaith y bu apêl Luther at ffydd. Dim ond y gwirionedd a gredir trwy ffydd sy'n rhyddhau. Mae'r gwirioneddau a ddaw atom drwy ein synhwyrau neu ein rheswm yn ei gwneud yn rhaid arnom eu derbyn. Ni chawn weithredu'r rhyddid i ddewis nac ychwaith fagu cyfrifoldeb wrth gredu iddynt. Rhaid credu, os oes clwt o liw o flaen ein llygaid, ei fod yno. Ni allwn amau'r hyn a welwn neu ddewis peidio â'i dderbyn. 'Rheidrwydd presenoldeb synhwyrus anwadadwy' yw hyn. Os caniateir y gosodiadau cyntaf, mae'n rheidrwydd derbyn casgliadau ymresymiad fel gwirionedd sy'n dilyn o raid. 'Rheidrwydd rhesymegol' sydd yma. Rheidrwydd y gwirionedd sy'n ei gymell ei hun i'n Rheswm ydyw. Nid oes rheidrwydd arnom i dderbyn y gwirionedd sy'n ei gymell ei hun i'n ffydd. Yn y weithred o ddewis, mae dyn yn arfer ei ddawn gysegredicaf, sef ei ryddid.

Mae ffeithiau synhwyrus yn eu cyflwyno'u hunain yn uniongyrchol, ond y mae'r gwirionedd sy'n ei gyflwyno'i hun i ffydd yn gwneud hynny trwy gyflwyniad anuniongyrchol. Nid datguddiad o Dduw fel y mae yn ei hanfod ei Hun yw'r datguddiad Cristnogol, eithr yn hytrach

> . . . cyflwyniad anuniongyrchol ohono *fel dyn*, a mwy na hynny, fel dyn a yfodd gwpan darostyngiad y ddynoliaeth i'w gwaelod, fel dyn a ddioddefodd ac a fu farw. [ibid., t.46]

Mae doethineb Duw yn ddoethineb a ŵyr na fedr gallu Duw ryddhau dynion ond drwy guddio'i hanfod ei hunan ac ymddangos fel gwendid. Tramgwydd y Groes yw na allwn gredu bod y Croeshoeliedig yn Dduw ond trwy ffydd ac ni ellir meddiannu'r ffydd ond trwy weithred o ddewis. Yng ngolwg tywysogion y byd hwn, gallu i gymryd meddiant yw gallu, a chyfrwystra i gadw meddiant yw doethineb. Y sialens i'n cenhedlaeth ni yw dangos y medrwn gario baich ein rhyddid a'i gyfrifoldeb, ac yma y gorwedd holl broblem dyfodol democratiaeth. Nid problem sefydliadau rhyddion na dinasyddiaeth gydradd yw problem democratiaeth yn bennaf:

> Problem aeddfedrwydd mewnol ydyw, problem codi cenhedlaeth a'i praw ei hun yn aeddfed i gyfrifoldeb rhyddid drwy dyfu allan o bob plentyndra i fesur oedran cyflawnder Crist. [ibid., t.47]

Mae dadl yr Anghrist yn wir ar un olwg; mae dewis ein llwybr ar ein cyfrifoldeb ein hunain yn faich trwm, ac o'r herwydd, ni ddylem agosáu at y broblem heb sylweddoli bod yna anturiaeth enbyd. Crefa'r baban ynom am gael ei nawddogi a'i warchod a'i gadw rhag gorfod wynebu gerwinder cyfrifoldeb rhyddid.

YR ATHRO J. R. JONES

'Rydym, gan hynny, wedi gwneud Iesu'n Awdurdod o'r un rhyw ag awdurdodau daear. Ceisiwn yn ei ddysgeidiaeth ateb terfynol i'n problemau a gwthio arno y cyfrifoldeb o ddweud yn bendant pa lwybr i'w ddewis. Cred J. R. Jones nad oes yn nysgeidiaeth Iesu gyfarwyddyd o'r math hwnnw sy'n setlo problem y dewis trosom. 'Rydym wedi gwthio ar Iesu y cyfrifoldeb o ddywedyd yn bendant wrthym beth i'w gredu a pha lwybr i'w ddewis. Ond cael ein siomi a wnawn. Nid oes yn nysgeidiaeth Iesu ddim cyfarwyddyd o'r math sy'n setlo problem y dewis trosom ni neu yn ein lle:

> Egwyddorion sylfaenol a chyffredinol a geir ganddo, ynghyd ag esiampl o ffyddlondeb i'r egwyddorion hynny yn ei fywyd Ef ei Hun. [ibid., t.48]

Mae J. R. Jones yn derbyn dadl y Cardinal fod Iesu o fwriad wedi rhoi cyfarwyddiadau mor annelwig ac amhendant. Gwnaeth felly er mwyn inni ddysgu cymhwyso egwyddorion ei ddysgeidiaeth at broblemau'n bywyd ar ein cyfrifoldeb ein hunain. Byddwn drwy hynny'n fewnol rydd yn ein dewisiadau. Mae mater gwrthwynebiad cydwybodol yn enghreifftio'r pwynt. Gosodir sialens ddifrifol inni pan fo gwladwriaeth yn ein gorfodi i'r fyddin yr un pryd â chyfreithloni gwrthwynebiad cydwybodol. Mae'n ein herio i anufuddhau os mai dyma ddyfarniad ein cydwybod. Myn rhai sy'n perthyn i'r Eglwys fod yr Efengyl yn gwarafun pob gwasanaeth milwrol, ac eraill, fod cyfiawnhad Cristnogol dros rai rhyfeloedd. Barn J. R. Jones yw ei fod yn anghyson â bwriad Iesu ateb yn bendant y naill ffordd neu'r llall. Meddai:

> Nid y pwynt pwysicaf, mewn ystyr, felly, yw pa lwybr a ddewisir. Yr hyn sy'n bwysig yw ein bod, wrth ddewis ein llwybr, yn dilyn golau'r dehongliad a fedrwn ni ei roi ar gyfarwyddyd yr Efengyl, *a mynd yn gyfrifol amdano ein hunain*. Dewisiadau ingol felly yn unig a all ein dyfnhau a gwneuthur dynion ohonom. [ibid., t.49]

Mae ei ffydd Gristnogol Brotestant yn dangos i J. R. Jones ei bod yr un mor beryglus meddwl yn rhy isel am ddyn ag ydyw meddwl yn rhy uchel ohono. Ei ddyhead yw am inni gael golwg ar yr Awdurdod sy'n parchu dyn drwy gredu'n ei bosibiliadau. Dyma Awdurdod y Croeshoeliedig.

Pwyslais anerchiad yr Wyddgrug yw'r pwyslais ar gyfundrefnu cyfiawnder a phwyslais anerchiad Machynlleth yw ar y brotest yn erbyn Awdurdodaeth. Ymdrech i gyfundrefnu cydraddoldeb yw Sosialaeth ar y naill law, ond ni ellir, ar y llaw arall, ychwanegu at gydraddoldeb dynion heb gyfyngu ar eu rhyddid. Mae'r gyfundrefn Sosialaidd gan hynny yn ffurf ar Awdurdodaeth. Fe fyddai'n annheg anwybyddu nad gogoneddu'r Wladwriaeth oedd diben Marx ac Engels, ond llunio cymdeithas na fydd yn rhaid iddi wrth iau'r wladwriaeth i'w chydio ynghyd. Mae hynny'n digwydd trwy rwymyn mewnol cyd-berchnogaeth. Dylem gofio bod brawdoliaeth yn ogystal â rhyddid a chydraddoldeb yn arwydd-air y Chwyldro Ffrengig. Meddai J. R. Jones,

> Ni all cwtogi rheffyn rhyddid dyn lai na chyfyngu ar gylch ei symudiadau. Ac mae pob cyfathrach â'n gilydd o reidrwydd yn cyfyngu felly ar ein rhyddid. [ibid., t.50]

Problem achub cymdeithas yw medru ehangu seiliau brawdoliaeth heb i hynny mwyach sefyll ar achau gwaed. Mae angen gwreiddio perthynas dynion, nid trwy beri i ddynion deimlo'u bod yn frodyr yn unig, ond hefyd trwy ddiriaethau materol. Er bod perthynas gwaed yn ddiriaeth faterol, ni all ateb dibenion brawdoliaeth gyffredinol oherwydd bod gwaedoliaeth, y tuhwnt i gylch cyfyng iawn, yn anolrheiniedig. Diriaeth faterol arall y gellir seilio brawdoliaeth y teulu arni yw cydberchnogaeth. Amcan Sosialaeth yw sicrhau'r frawdoliaeth gydfeddiannol, a ffydd J. R. Jones yw y gellir drwyddi fagu aeddfedrwydd personoliaeth a enillir drwy 'ddisgyblaeth cyfrifoldeb rhyddid'. Meddai, gan gyfeirio at yr ysgaru a fu rhwng bywyd dyn fel dinesydd gwladwriaeth weriniaethol a sylweddau ei fywyd fel aelod o gymdeithas:

YR ATHRO J. R. JONES

Eithr mewn gweriniaeth sosialaidd fe ddeuai unigolion dan ddisgyblaeth cyfrifoldeb a fyddai yn sylwedd eu cyfathrach feunyddiol â'i gilydd, sef cyfrifoldeb cydberchenogi a chydredeg, at wasaneth eu hanghenion cyffredin, holl beirianwaith cynhyrchu a dosbarthu cyffredin. [ibid., t.51]

Hyd nes y daw ffrwyth disgwyliedig y frawdoliaeth ddiriaethol, gydfeddiannol yr amcenir ei sefydlu drwy Sosialaeth, fe adewir dyn yn 'berson preifat' ar drugaredd ecsploetiaeth economaidd.

Mae gan J. R. Jones ymdrech bellach i ddwyn 'Eglwys Crist a'r Gwareiddiad Newydd' i berthynas a chyswllt â 'Sefwch gan hynny yn y Rhyddid', a hynny mewn ysgrif yn *Y Traethodydd*, Ebrill 1943, 'Cristnogaeth a Democratiaeth'. Nid yw'n ymdrin â phroblem democratiaeth fel egwyddor wleidyddol. Ei amcan yw edrych ar yr egwyddor weriniaethol wleidyddol o ganlyniad i synio mewn ffordd arbennig am gymdeithas:

> ... y ddamcaniaeth mai bywyd beunyddiol unigolion yn eu cyd-berthynas sy'n bwysig; a bod unrhyw gymdeithas yn ddemocrataidd i'r graddau y bo'n frawdoliaeth neu gymrodoriaeth o unigolion rhydd a chydradd.
>
> [*Y Traethodydd*, Ebrill 1943, t.49]

Am mai amcan y Wladwriaeth, yn ôl A. D. Lindsay, yw gosod rheolau er hyrwyddo bywyd rhydd ei haelodau a'u symbylu i weithredu ohonynt eu hunain, mae'r egwyddor yn gofyn i lywodraethwyr, fel llunwyr a gweinyddwyr rheolau, fod yn gyfrifol i'r bobl. Y dulliau a gafwyd i sicrhau hynny oedd hawl pobl i ethol eu llywodraethwyr a moddion i'w beirniadu a'u galw i gyfrif. Mae gwarchod cymdeithasau gwirfoddol, o fewn i'r Wladwriaeth, fel cyfryngau i unigolion gyd-fynegi barn heb ofni dial personol yn rhan o'r un cyfrifoldeb tuag at y bobl. Wrth berthnasu democratiaeth a Christnogaeth, bydd gofyn olrhain perthynas yr egwyddor gymdeithasol sy'n gofyn am y math hwn o sefydliadau â'r ddysgeidiaeth Gristnogol am ddiben bywyd. Gwneir hynny yng ngoleuni deubeth, sef egwyddor gwerth y bersonoliaeth unigol ac egwyddor cyfanrwydd neu ddidwylledd. Daw pwysigrwydd egwyddor cyfanrwydd neu ddidwylledd i'r amlwg yng nghondemniadau llymion Iesu ar ragrith.

Mae'r syniad democrataidd am gymdeithas sy'n dibynnu'n llwyr ar gydnabod gwerth y bersonoliaeth unigol wedi ei ddarlunio'n glir yng nghyfrol *Gweriniaeth*, Hywel D. Lewis. Meddai J. R. Jones:

> Yr ymresymiad arferol yn y cyswllt hwn yw fod gwerth yr unigolyn yn rhoi iddo hawliau, ac mai corffori hawliau unigolion gwahanol wedi eu cyd-berthnasu a'u mantoli a wna 'gofynion' yr egwyddor weriniaethol wleidyddol.
> [ibid., t.50]

Wrth gydnabod cywirdeb yr ymresymiad yma, mae J. R. Jones am newid peth ar y pwyslais trwy fynnu mai'r hawl uchaf a berthyn i unigolyn, o gydnabod ei werth, yw'r hawl i sylweddoli'r gwerth hwnnw'n llawn. Mae am ddod at y cwestiwn, felly, o safbwynt diben bodolaeth yr unigolyn fel creadur yr amcanwyd iddo dyfu i'w lawn dwf a chyrraedd cyflawn dwf personoliaeth. Nid trafod y broblem yn gymaint o safbwynt bod cydnabod gwerth yr unigolyn yn rhoi'r hawl iddo ar gyfran deg o freiniau ei gymdeithas a hynny'n gwbl gyfreithlon a wneir, eithr o safbwynt diben bodolaeth yr unigolyn. Meddai J. R. Jones:

> Os dechreuwn gyda'r pwyslais hwn, gwelwn y deillia ystyr amrywiol hawliau unigolion o'u hawl bennaf, sef eu hawl i gymdeithas y byddai cyfathrach ei haelodau â'i gilydd ynddi yn fagwrfa aeddfedrwydd. [ibid., t.50]

Y wers amlwg a ddysgir am ddyn mewn seicoleg, moeseg a chrefydd yw ei fod yn cyrraedd aeddfedrwydd fel person pan fydd yn ennill, mewn cyd-berthynas â'i gyd-ddyn:

> . . . rinweddau fel annibyniaeth ysbryd, hyder yn ein barnau a'n penderfyniadau ein hunain, syniad gwrthrychol am ein gwerth ein hunain a'r 'cychwyn' hyderus hwnnw a gyfleir yn y gair Saesneg 'initiative'. [ibid., tt. 50-51]

Pan brofom y medrwn gario baich cyfrifoldeb rhyddid, byddwn yn bersonau datblygedig. Dyma'r diffiniad o gymdeithas ddemocrataidd y mae'n mentro'i gynnig:

YR ATHRO J. R. JONES

> ... y gymdeithas a rydd i'r nifer lletaf posibl o'i haelodau y cyfle i fagu'r math hwn o ryddid. [ibid., t.51]

Nid yw hyn yn annhebyg i'r hyn a oedd ym meddwl Middleton Murry pan ddisgrifiodd y bwriad democrataidd i ffurfio cymdeithas wleidyddol a roddai i ddynion unigol, i'r graddau helaethaf posib, gyfrifoldeb y rhyddid Cristnogol i drefnu ohonynt bob un ei fywyd fel aelod o gymdeithas.

Mae J. R. Jones yn mynd ati wedyn i ddatblygu pedwar gosodiad – bod y bwriad cymdeithasol democrataidd ymhlyg mewn Cristnogaeth am mai personau aeddfed datblygedig sydd o werth iddi hithau; mai gelyn pennaf y ddelfryd Gristnogol-ddemocrataidd yw awdurdodaeth wleidyddol y gwladwriaethau ffasgaidd neu dotalitaraidd; bod caethiwed ecsploetiaeth economaidd sy'n gorwedd a chuddio dan orchudd rhyddid a chydraddoldeb gwleidyddol yn llesteirio democratiaeth mewn gweriniaethau fel Prydain ac America; na symudir achos y rhagrith hwn nes adfer cyfanrwydd cymdeithas trwy ddemocrateiddio'r broses economaidd, a bod yr hawl i aeddfedrwydd yn dibynnu ar inni ddeall hyn mewn termau Sosialaidd o gyd-feddiannu eiddo.

Mae dull Iesu o ddysgu yn gosod y pris uchaf, nid ar ennill dyn, ond ar ennill dyn o'i fodd. Wrth osod ar ddyn faich cyfrifoldeb dewis, mae Iesu'n ei dynnu allan o'i anaeddfedrwydd. Mae cyfaredd awdurdodaeth wedi bod mor hudolus i Eglwys y gorffennol nes bod llawer wedi ei chael yn anodd dygymod â'r gwirionedd hwn. Ymddengys i lawer fod 'achub enaid' dyn yn llawer pwysicach na pharchu ei ryddid. Yr hyn sy'n ei gwneud yn anodd canfod y gwirionedd hwn i gychwyn yw nad casgliad a dynnir o ddim a ddywedodd Iesu amdano ydyw, eithr dehongliad o'r hyn sy'n wir cyffredinol am ei ddysgeidiaeth. Y rheswm am hynny yw na cheir ganddo:

> ... ar faterion moesol gyfarwyddyd digon manwl i setlo problem y dewis dros y neb a fo mewn cyfyng-gyngor ar groesffyrdd bywyd. [ibid., t.52]

Fe'i cyfyngodd Iesu ei hun i egwyddorion cyffredinol.

'Roedd am i'w ddilynwyr gymhwyso egwyddorion Ei ddysgeidiaeth at broblemau bywyd ar eu cyfrifoldeb eu hunain. Dyna'r unig ffordd y byddent yn fewnol rydd yn eu dewisiadau ac yn ennill aeddfedrwydd dan ddisgyblaeth cyfrifoldeb rhyddid:

> Y mae'n rhaid bod awdurdod yr Un a ddaliodd ddynion draw oddi wrtho fel hyn, fel y byddent eiddo iddo mewn rhyddid, yn awdurdod o ansawdd arbennig, cwbwl wahanol i'r orfodaeth ddaearol ac anysbrydol a weithredwyd gan yr Eglwys yn rhy fynych yn ei enw Ef. [ibid., t.52]

Cyhuddiad y Penchwiliadur yn y nofel, *Y Brodyr Karamazoff*, yw bod Iesu'n synio'n rhy uchel am ddynion. Yr awgrym yw mai yng nghyflwr plant diofal ac anghyfrifol y byddai dynion fwyaf dedwydd. Her y ddelfryd Gristnogol yw mai dan ddisgyblaeth gofalon a thrwy orfod penderfynu ar eu cyfrifoldeb eu hunain y bydd dynion yn tyfu i 'fesur oedran gŵr'. Cynrychiolir yr her hon yn y chwedl gan yr Iesu distaw.

Diffiniodd J. R. Jones dotalitariaeth fel cyfundrefn o wladwriaeth wedi ei seilio ar yr haeriad nad offeryn i sicrhau diogelwch a ffyniant dynion mewn cymdeithas yw'r wladwriaeth, ond diben uchaf bodolaeth unigolion:

> . . . fel nad oes yn llythrennol ystyr na gwerth ym mywyd neb ond i'r graddau y bo'n is-wasanaethgar iddi ac yn foddion chwyddo ei chyfoeth ac ychwanegu at ei gogoniant a'i nerth hi. [ibid., t.53]

Dyma'r modd y mae gwrth-ddemocratiaeth y chwyldro ffasgaidd yn dod i'r wyneb.

Yr hyn sy'n nodweddiadol o awdurdodaeth yn ôl y Penchwiliadur yw ei gogwydd hanfodol anffyddol. 'Does ganddi ddim ffydd mewn dyn. Ei hathroniaeth bellach yw ei bod yn amhosibl i ddyn neu gymdeithas o ddynion fod yn rhydd ac yn ddedwydd yr un pryd. Mae cyfrifoldeb rhyddid yn esgor ar bryder sy'n mynd yn annioddefol yn y diwedd. 'Roedd dynion, yn ôl y Cardinal, yn llawer gwannach a basach nag yr oedd Iesu erioed wedi ei gredu. Plant afreolus ydynt, a 'does dim ond tri gallu a all gaethiwo eu cydwybod er mwyn eu dedwyddwch hwy eu hunain – gwyrth, dirgelwch, ac awdurdod. Tasg yr Eglwys Babaidd oedd 'cywiro' gwaith Iesu a'i adeiladu ar y seiliau hyn. Amcan y chwedl, yng ngoleuni'r dadansoddiad hwn, yw dangos pob awdurdodaeth yn ei hanghysondeb llwyr ag ysbryd gwreiddiol Cristnogaeth. Gwelwn hefyd ogwydd o ddirmyg at y dyn cyffredin, ac o ddiffyg ffydd yn ei bosibiliadau, nid yn unig yn y ffurfiau mileiniaf ar awdurdodaeth ond yn nawddogaeth hanner-ffasgaidd, hanner-pabyddol a bregethid gan bleidiau 'clerigol' ar Gyfandir Ewrop. Corfforwyd y mynegiant hwn fwy neu lai, yng nghyfansoddiadau Portiwgal, Sbaen, Awstria dan y Canghellor Dolfus, a Ffrainc dan lywodraeth Vichy. Yr awgrym oedd y dylai agwedd y wladwriaeth at ei deiliaid fod yn debyg i agwedd y penteulu at ei blant:

> . . . yn agwedd awdurdodol, nawddogol, warcheidiol, seiliedig ar gredu mai plant ydyw dynion ac na allant fyth fod yn ddim amgen, am na ellir ymddiried iddynt y rhyddid sy'n amod cynnydd. [ibid., t.54]

'Roedd yr Ensyclicalau Pabaidd, *Rerum Novarum* a *Quadragesimo Anno* yn arddangos yr un agwedd nawddogol at y werin ddifreiniau a'r un anghrediniaeth mewn dyn. Gofynnai'r Pab Leo XIII am ogwydd dadol, nawddogol ac elusennol gan y cyfalafwyr ac am ddioddefgarwch addfwyn oddi ar law'r gweithwyr. Gwelai J. R. Jones fod hyn yn drafesti ar Gristnogaeth:

> . . . i'r neb a gredo mai meithrin personau cyfrifol, cwbl rydd o bob gwaseidd-dra ysbryd yw diben yr yrfa Gristnogol, ac mai aelodaeth mewn cymdeithas (fel rhywbeth mwy hanfodol na gwladwriaeth) rydd a chydradd a all estyn i'r werin gyffredin y cyfle i ennill aeddfedrwydd llawn.
> [ibid., t.55]

'Rydym wedi arfer credu mai gweriniaethol yw cyfundrefnau gwleidyddol America a Phrydain gyda'r canlyniad eu bod yn ymladd y rhyfel, sef rhyfel 1939-1945, dros y ddelfryd Gristnogol-ddemocrataidd. Ond dadl J. R. Jones yw mai gweriniaethau cyfalafol ydynt. Mae anghydraddoldeb economaidd yn gwneud yr honiadau democrataidd yn honiadau gau. Amddifedir dosbarthiadau cyfain o gyfleusterau aeddfedrwydd. Mae hyn yn esgor ar rwyg ym mywydau'r gwladwriaethau hyn sy'n esgor, o ganlyniad, ar ragrith. Ychwanegir at y geudeb sy yn honiadau democrataidd y gweriniaethau cyfalafol gan y rhwyg rhwng cymdeithas, ar y naill law, a'r cylch gwleidyddol, neu'r Wladwriaeth, ar y llaw arall. Mae anghydraddoldeb unigolion yn y cylch preifat yn aruthr a'r gwahaniaeth incwm yn peri gwahaniaeth cyfleusterau. Hynny sy'n penderfynu'r math o fywyd preifat y gall dyn ei fyw. Nid yw hynny'n fagwrfa aeddfedrwydd personoliaeth sy'n cael ei ystyried fel y prif werth. Ar yr un pryd mae pob un o'r dynion hyn yn aelodau o'r Wladwriaeth ddemocrataidd sy'n eu gwneud yn gydradd yng ngolwg y gyfraith:

> . . . ac yn rhydd yn yr ystyr nad ymyrra'r wladwriaeth â'u bywyd preifat cyhyd ag yr ufuddhant i'r gyfraith.
> [ibid., t.56]

Dyma ddinasyddion rhydd a chyfartal, ac un arwydd o'u rhyddid a'u cydraddoldeb yw eu bod â hawl i ethol cynrychiolwyr i'r senedd trwy beidlais ddirgel. Mae hyn yn bod ar sail yr egwyddor neu'r fformiwla, 'un dyn, un bleidlais'. Nid yw hyn yn cymryd y gwahaniaethau preifat i ystyriaeth, ond yn cyhoeddi pawb yn gyfartal a chydradd:

> Eithr cydraddoldeb ffurfiol hollol ydyw hwnnw a sicrheir drwy wahanu statws cyfreithiol a gwleidyddol dynion oddi wrth sylwedd eu bywyd fel aelodau o gymdeithas.
> [ibid., t.56]

Mae cydraddoldeb gerbron y gyfraith yn gwneud y llysoedd yn agored i bawb fel ei gilydd, a hawl gan bawb i driniaeth gyffelyb ynddynt. Er bod tlodi'n rhwystro llawer rhag manteisio ar y rhagorfraint hon, nid yw hynny'n cael ei ystyried fel peth sy'n andwyo dim ar ddemocratiaeth wleidyddol y gweriniaethau. Rhywbeth a berthyn i fywyd preifat unigolion ydyw. Mae hyn yn golygu nad yw bywyd preifat aelodau'r gymdeithas yn cael ei gydnabod yn wleidyddol:

YR ATHRO J. R. JONES

> . . . a thrwy hynny ysgarir democratiaeth oddi wrth wir sylwedd bywyd beunyddiol, sef cymhlethdod cysylltiadau personau preifat â'i gilydd, a'i gwneuthur felly i raddau mawr yn ddemocratiaeth mewn enw yn unig. [ibid., t.56]

Gadewir cyfathrach dynion ym myd 'ennill bywoliaeth' ar drugaredd yr ysgogiad preifat (*private enterprise*).

Mae honni rhyddid a chydraddoldeb yn y cylch gwleidyddol a chaniatáu gormes ecsploetiaeth yn sylwedd bywyd y gymdeithas yn gorfodi'r gweriniaethau cyfalafol i ragrithio. Cred J. R. Jones na roddwyd digon o sylw i'r pwynt bod Cristnogaeth yn rhwym o gondemnio hyn. Mae'r condemniad yn bod o safbwynt gwerth aeddfedrwydd personoliaeth, ac o safbwynt y pwyslais ar ddidwylledd sydd yng nghondemniad Iesu o ragrith:

> . . . yr anghysondeb rhwng honiadau dynion a'u gweithredoedd sy'n andwyo cyfanrwydd a naturioldeb.
> [ibid., t.57]

Y cam nesaf yn yr ymdriniaeth hon gan J. R. Jones yw trafodaeth ar berthynas democratiaeth a Sosialaeth. Er ei fod yn cydnabod, gyda Hywel D. Lewis, ein dyled i'r Diwygiad Protestannaidd am ryddhau'r dylanwadau a arweiniodd at lawer ffurf ar ryddid yn y Gorllewin, mae'n ein hatgoffa na chariwyd y radicaliaeth newydd i'r cylch economaidd. Caniatawyd gormes ecsploetiaeth ochr yn ochr â sefydliadau gweriniaethol gwleidyddol gyda'r canlyniad ei bod wedi cyfrannu at syniad deublyg, rhagrithiol am ddemocratiaeth. Mae'r diffiniad a gynigiwyd o'r gymdeithas ddemocrataidd yn gofyn am gyfannu'r rhwyg rhwng y cylch gwleidyddol a sylwedd bywyd preifat cymdeithas ac am gyfundrefniad newydd, cyd-feddiannol a gwrth-ecsploetyddol. Rhaid galluogi dynion i deimlo'n bersonol gyfrifol am y gweithgarwch cymdeithasol cyffredinol y maent hwy'n cyfrannu iddo drwy eu llafur. 'Does dim llai na bod yn gydberchnogion llythrennol ar adnoddau ac offerynnau cymdeithas yn gallu rhoi'r ymdeimlad hwn i unigolion.

Mae gwrthwynebiad yn codi pan awgrymir cysylltu democratiaeth â Sosialaeth:

> ... ei bod yn amhosibl cyfuno democratiaeth a Sosialaeth oherwydd na ellir gwerinoli'r gyfundrefn economaidd heb anwerinoli'r Wladwriaeth, neu, os mynnir, oherwydd na ellir sicrhau cydraddoldeb dynion fel aelodau o gymdeithas heb beryglu eu rhyddid fel dinasyddion. [ibid., t.58]

Y ddadl a gynigir weithiau dros y safbwynt hwn yw honni mai economi gyd-feddiannol sydd yn y gwledydd totalitaraidd a gyhuddir o fod yn wrth-ddemocratiaeth. Ond barn rhai arbenigwyr yw mai rhyw fath o ystryw a geir yn y ddadl a'r honiad yma. Yr hyn a welwn mewn Natsïaeth yw ymdrech i ddatblygu cyfalafiaeth fwy trwyadl fyth, a hynny ar sail yr egwyddor fod un dosbarth yn rhagori ar bob dosbarth arall yn y gymdeithas ddiwydiannol. Mae'n gwneud hyn trwy gynnal breichiau'r elfennau mwyaf ffiwdalaidd ac unbenaethol yn y wlad. Dylem, cyn galw cyfundrefn felly'n Sosialaidd, edrych ar ei diben:

> ... catrodi unigolion fel yr ychwaneger at nerth a gogoniant y wladwriaeth... [ibid., t.59]

Mae'r un ddadl i'w chanfod, o safbwynt arall, yn hanes Rwsia a sosialaeth Karl Marcs sy'n wrth-ddemocrataidd pan dybir bod yr unigolyn wedi ei lwyr ddarostwng i fuddiannau'r wladwriaeth. Y canlyniad yw meithrin gwerin slafaidd, amddifad o annibyniaeth ysbryd sy'n arwydd o aeddfedrwydd. Myn J. R. Jones fod cyhuddo'r Undeb Sofietaidd o fwriadu chwyldro gwrth-weriniaethol a thotalitaraidd yn gwneud cam dybryd â Marcsiaeth. Meddai:

> Yn un peth, y mae Marx mor bell o olygu darostwng unigolion dan draed y Wladwriaeth fel y ceir ef yn brudio diflaniad y gallu gwladwriaethol pan lwyr ddileir eiddo preifat ac ecsploitiaeth. [ibid., t.59]

Yn wleidyddol, anarchydd yw Marcs, yr hyn sydd am y pegwn eithaf â'r awdurdodydd. Mae dadansoddiad Marcs o'r modd yr aeth y cylch economaidd yn allu annibynnol, gormesol, o'r tu allan i ddynion a chreu'r anghysondeb y cyfeiriwyd ato'n barod, yn llawer pwysicach. Anwastad iawn, o ganlyniad, yw ymddatblygiad dyn a'i sylwedd-

YR ATHRO J. R. JONES

oliad o'i botensial. Mae dyn, fel dinesydd, wedi ei ryddhau o afael y rhaid sy'n llywodraethu bywyd yr anifail. Enillodd ryddid oddi wrth ymyriadau mympwyol a chafodd gydraddoldeb statws gerbron y gyfraith:

> Eithr, yn ei weithgarwch economaidd, ac felly, yn sylfeini ei fywyd diriaethol fel aelod o gymdeithas, fe erys fel yr anifail ar drugaredd pwerau rheidiol na all mo'u meistroli. [ibid., t.60]

Y posibilrwydd o ddatblygiad cymdeithas yn economaidd yw'r graddau o ddatblygiad gwleidyddol yn y gweriniaethau a sylweddoli democratiaeth gyflawn. Rhaid i bersonau unigol ddysgu gorchfygu a rheoli galluoedd materol. Ni ellir gwneud hyn ond trwy gymdeithas. Ystyr hyn i Marcs yw:

> . . . bod yn rhaid i'r gymdeithas gyfan gyd-feddiannu ei pheirianwaith cynhyrchu, a chynllunio ei chynnwys fel y gallo ennill meistrolaeth arni ei hun, cyfannu rhwygiadau ei bywyd ei hun, a bywyd ei haelodau unigol, drwy gyfuno'r 'dyn' a'r 'dinesydd', a rhoi i'w deiliaid uwchlaw popeth yr ymdeimlad o gyfrifoldeb personol am lwyddiant y cynllun cynhyrchu cyffredinol. [ibid., t.60]

Hen gŵyn perchnogion a cheidwadwyr yw bod Sosialaeth yn lladd ysbryd cychwyn a mentro, ac felly'n hytrach na hyrwyddo'r annibyniaeth ysbryd y rhoddir cymaint pwys arno, y mae'n lladd yr ysbryd hwnnw. Ond fe fyddai cymdeithas sosialaidd yn anghyfreithloni cychwyn ecsploetyddol y cyfalafwyr, a thrwy hynny'n rhyddhau mentr mwyafrif ei phoblogaeth. Cŵyn arall yw mai cymhellion cenfigenllyd ac awydd am feddiannu eiddo pobl eraill sydd y tu ôl i Sosialaeth. Ateb J. R. Jones i'r gŵyn hon yw nad llawnder materol a'i gysuron a'i ddiogelwch yw rhodd fwyaf cyd-berchnogaeth i'r uniolyn,

> . . . eithr y cyfle i ennill aeddfedrwyd drwy gyfrifoldeb, ac nid bellach yn unig drwy gyfrifoldeb ethol cynrychiolwyr i'r Senedd yn achlysurol, ond drwy beth sy'n llawer nes at sylwedd ei gyfathrach feunyddiol â'i gyd-ddyn, sef cyfrifoldeb cyd-feddiannu a chyd-redeg y peirianwaith economaidd. [ibid., t.61]

Cydnebydd J. R. Jones y gall hyn fod yn rhy obeithiol, ond mae ganddo ffydd fawr ym mhosibiliadau brawdoliaeth real wedi ei seilio, fel bywyd ein cartrefi, ar gydberchnogaeth i fod yn fagwrfa aeddfedrwydd a ddaw trwy ryddid cyfrifol. Gall hefyd ryddhau egnïon pobl sydd ar hyn o bryd yn gaeth neu mewn camarfer oherwydd y deublygrwydd sy'n rhwygo cymdeithas. Dyma a ddywed:

> Os yw dyn yn ddigon gwerthfawr yn wleidyddol i haeddu cydraddoldeb diamod yng ngolwg y gyfraith, y mae'n anodd gweld sut y gellir yn gyson adael cwestiwn ei amgylchiadau a'i gyfeusterau i lwc neu anlwc ei fywyd preifat. [ibid., t.61]

Wrth i Gristnogaeth ofyn am ddemocratiaeth, mae'n anodd tybio, yn wyneb beirniadaeth Crist ar y deyrnas a ymrannodd yn ei herbyn ei hun, na byddai'r ddemocratiaeth honno'n gyflawn.

Rhaid sylwi i gychwyn fod yr ysgrifeniadau hyn o eiddo J. R. Jones y cyfeiriwyd atynt yn perthyn i bedwardegau cynnar y ganrif a bod arnynt felly liw eu cyfnod. 'Roedd Chwyldro'r Sofiet wedi digwydd lai na deugain mlynedd ynghynt, ac felly'n ei flynyddoedd cynnar, hyderus a gobeithiol. Dyma hefyd flynyddoedd y rhyfel yn erbyn yr Almaen. Mae hyn yn golygu mai anghyflawn yw'r sylw a ddywed fod y pwyslais hwn wedi mynd i'w golli o draethiadau diwedd ei oes. Yn wir awgrymodd Gwyn Erfyl fod yna symud wedi bod yn hanes J. R. Jones:

> Mi fuoch chi am gyfnod yn Farxist. Pam cychwyn yn y fan yna? [*Dan Sylw*, t.137]

Ateb J. R. Jones yw ei fod wedi teimlo impact yr angen ar y pryd a'r argyfwng mawr yng nghymdeithas dyn. Meddai:

> Yr angen am unioni camwri'r gymdeithas oeddwn i'n ei gweld y pryd hwnnw oedd y peth mwyaf o lawer, ynte. Hynny ydy, torri gafael y gyfundrefn ecsploityddol sydd yn ei gwneud hi'n bosibl i'r naill ddosbarth besgi ar anghenion a llafur y llall . . . [ibid., tt. 136-137]

Gosod ei sylwadau mewn cyd-destun y mae, a gall hynny

olygu mai 'run egwyddor neu egwyddorion sydd ganddo, ond bod cyd-destun y cymhwyso'n colli ei liw arnynt. Fe soniodd J. R. Jones am 'bryder dominant' ein cenhedlaeth ni ac mae llefaru wrth bryder felly yn gadael ei ôl ar y mynegiant. Er dweud hyn, ni ddylem feddwl fod pwyslais y cyfnod cynnar yn llwyr absennol o'r cyfnod diweddaraf. Dyma a ddywed J. R. Jones tua diwedd ei bregeth, 'Siawns',

> Aeth y gwerthoedd 'sosialaidd' a'u hwyneb i waered yng ngorlif y dreif didostur i 'lusgo'r Economi i Oes y Gofod' ac adfer i Brydain yr hegemoni diwydiannol a'i gwnaeth unwaith yn 'Fawr'. Y mae, wrth gwrs, reswm dros gydio nerthoedd technoleg wrth amcanion sosialaidd gonest. Y tro twyllodrus fu rhoi'r effeithiolrwydd technolegol y tu ôl i economi na pheidiodd â bod yn ei hanfod yn gyfalafol, a galw'r uniad yn Sosialaeth. [*Ac Onide*, t.68]

Daw'r un ymresymiad i'r amlwg mewn llythyr i'r wasg drannoeth trychineb Aber-fan, llythyr y llesteiriwyd ei gyhoeddi gan waharddiad y Tribiwnlys. Mae'n gwrthod y ddysg fod Duw'n ymyrryd o gwbl, er da neu er drwg, yn nigwyddiadau'r byd hwn, yn ei drychineabu nac ychwaith yn ei waredigaethau honedig. 'Roedd ei gweryl â'r traddodiad 'uniongred' a oedd wedi mygu'r radicaliaeth eirias a oedd yn rhan o ewyllys Iesu i ddwyn oddi amgylch deyrnasiad gwerthoedd Duw ym mywyd cyfundrefnedig y byd. Meddai J. R. Jones:

> Fe droisom waed ei frwydr ef a'r Gallu Gau yn 'bechaberth' i dawelu cydwybodau babanaidd gan draddodi bywyd y 'byd' – cyfundrefniad a llywodraeth cymdeithas - i feddiant Satan, i'w gwerthoedd (priorities) a fedrodd yn Aber-fan adael i fil a mwy o ystyriaethau bydol, buddiannol, technolegol, ynghyd â doethddysg y cynffonwyr a elwir yn 'experts', ddod o flaen y rhagofal am einioes dros gant o blant bach. [ibid., t.69]

'Roedd pwyslais cynnar J. R. Jones ar werth dyn ac ar gael cyfundrefniad cymdeithasol a fyddai'n diogelu'r gwerth hwnnw. Mae'n gofyn cwestiwn fel hyn yn ei bregeth 'Delw'r Anghyffelyb', a hynny yng nghyd-destun meistrolaeth dechnolegol dyn ar nerthoedd natur:

Sut, gan hynny, y medrodd hi droi yn fygythiad i'w warineb? Fe wnaeth hynny, yr wyf yn dadlau, drwy beri *shift sylfaenol yng ngwerthoedd llywodraethol ei gymdeithas*. [ibid., t.82]

Mae hyn yn dod â ni fel petai at doriad yn nhraethiadau cymdeithasol J. R. Jones ac at y cyflwyniad o'i safbwynt yn y cyfnod diweddar. Ond digon yw dweud yma nad oes cryfach mynegiant o gonsyrn ei gyfnod cynnar am ddyn a chyflwr ei gymdeithas na'r tri dyfyniad yma o'r gyfrol *Ac Onide*.

Os oedd y sôn yn nhraethiadau cynnar J. R. Jones am aeddfedrwydd personoliaeth dyn a thyfu i fesur oedran cyflawnder, gweld y broses honno'n mynd o chwith y mae'n ei gyfnod diweddar. Beth yw ystyr dweud bod '. . . dyn yn cael ei ddad-ddynoli, *the dehumanization of man is taking place*' [*Dan Sylw*, t.138] ond galwad am i ddyn gael y rhyddid a'r cyfle i dyfu i fesur oedran cyflawnder gŵr?

Mae'n dda inni, er mwyn tegwch â J. R. Jones, weld sut y mae'n dehongli'r ergyd i'n dynoliaeth yn y cyfnod presennol. Gweld yr ergyd yn codi, nid o'n cyntefigrwydd fel dynoliaeth y mae, ond o'n gwybodaeth a'n dyfeisgarwch gwyddonol. Y term a ddefnyddir ganddo yw 'Anwarineb Technolegol'. Cydnebydd fod yna gampwaith ail-adroddus yn rhan o wneuthuriad pob unigolyn. Nid yw hyn namyn dyfais rhywogaeth dyn, dyfais yr hil i ddiogelu fod cenhedlaeth newydd yn cael ei geni o hyd wedi i'r hen farw. Mae i ddyn fod yn rhan organig o natur sydd â phatrwm tebyg iawn i'r patrymau technolegol cyfoes yn ei gwneud yn od cynnig beirniadaeth ar dechnoleg gyfoes. Er hynny, mae J. R. Jones yn dweud bod:

> . . . technoleg yn anwareiddio dyn drwy'r newid ym mlaenoriaeth gwerthoedd yng nghymdeithas dyn . . .
>
> [ibid., t.139]

Daeth cymdeithas i gredu fwyfwy y medr hi setlo'r rhan fwyaf o'i phroblemau, gyda'r canlyniad mai

> . . . wrth y llathen honno yn y pendraw y bernir gwerth dyn yn y gwareiddiad hwnnw. [*Ac Onide*, t.82]

YR ATHRO J. R. JONES

Y gwerth sy'n ymladd am ei einioes wedyn yw'r gwerth sydd mewn byd neu fychanfyd, y deunydd sydd mor amrywiol a chyfoethog nes ei bod yn amhosib ei gael ef lawer gwaith trosodd ar yr un patrwm. Gwerth yr anghyffelyb na cheir mohono ond un waith am byth yw hwn. Gwerth yr uned foel sy'n ddigon diamrywiaeth fel nad yw ei gwahaniaeth yn cyfrif dim yw'r gwerth y mae'r gwareiddiad technolegol yn ei orseddu. Fel esiampl o'i phatrwm y mae'n cyfrif. Syniad yr uned, y pethau sy'n cael eu gwneud i gyd yr un fath ar yr un patrwm sydd yma. Arweiniodd hyn at greisis yn yr hanfod dynol, a dad-ddynoli yn digwydd o dan yr wyneb a adlewyrchir yn niwylliant ein cyfnod – mewn seicoleg, llenyddiaeth a chelfyddydwaith. Meddai J. R. Jones:

> Pwyslais y seicoleg fodern yw mai creadur sylfaenol ranedig a phwdr ydyw dyn. Chwalwyd ef i lawr i'w elfennau crai – i bethau fel greddf rhyw a'r wanc i ormesu. Dangoswyd fel y mae personoliaeth yn ymddatod dan y croesdynnu diymwybod hwn, a dyn yn colli ei gyfanrwydd. [*Ac Onide*, t.94]

Dyna sy'n digwydd mewn gwareiddiad technolegol, dad-ddynoli dyn trwy ei beirianoli, trwy chwalu'r ddelw ddynol i lawr a'i hail-greu ar ddelw'r peiriant. Yr hyn sydd wedi gwneud technoleg yn bosib yw'r modd y gallwn ddyfeisio unedau ail-adroddadwy. Meddai ef eto:

> Y mae eu holl arwyddocâd nhw a'u holl werth nhw yn hwylustod y ffaith na 'dydy ddim gwahaniaeth os byddwch chi'n colli un ohonyn nhw, mae un arall, *standardized part*, dyma be sy ganddoch chi, 'run fath â fo'n union i'w roi yn 'i le fo. [*Dan Sylw*, t.143]

Y cyswllt rhwng hyn ag anwarineb yw ein bod wedi mynd i fesur dyn wrth yr un llath a'r un gwerth. Am ein bod yn ddyledus i wyddoniaeth, technoleg a'r uned ailadroddus am y digonedd a'r affliwens sydd o'n cwmpas, 'rydym dan bwysau i osod y math o werth a gynrychiolir ganddynt hwy ar y brig. Dyma'r pwysau i ystyried dyn o safbwynt natur, meddwl am ddynion fel cynifer o bennau. Hyn yw'r hyn y mae J. R. Jones yn ei alw'n 'syniad *functional*' am ddyn, 'mae o'n hwylus, ma 'na gymaint ohono fo i gael yr un peth' [ibid., t.144]. Am fod dyn ar ddelw Duw, mae iddo gyfanrwydd a'r cyfanrwydd hwnnw sy'n cael ei chwalu heddiw. Dyma'r ymadroddion a ddefnyddir yn y bregeth, 'Delw'r Anghyffelyb' i ddisgrifio'r chwalfa, dyn fel 'uned unffurf, safoneiddiedig' â 'phatrwm y rhannau peiriannol safoneiddiedig'. Yma y clywir yr adlais o ddiddordeb athronyddol J. R. Jones ar ei gryfaf, cwestiwn statws y cyffredinolion a'u perthynas â'r pethau unigol.

Gosod y pwyslais sy' ynghlwm wrth y traethu hwn yng nghyd-destun argyfwng y Gymru gyfoes a wnaeth J. R. Jones yn ei flynyddoedd olaf. A dyma a ddaeth ag ef i amlygrwydd yng ngwydd y genedl. Aeth ymlaen, yn ei lythyr i'r Wasg trannoeth trychineb Aber-fan, i gymhwyso'r feirniadaeth yma at argyfwng Cymru fel cenedl:

> A deall dithau, Gymru, mai'r un werthfarn – yr un ateb i gwestiwn blaenoriaeth gwerth – ag a barodd esgeuluso symud perygl Aber-fan mewn pryd sydd hefyd y tu ôl i'r cynlluniau i droi mwy a mwy o droedle'r genedl Gymreig yn gronfeydd dŵr i ddiwydiant ac yn *Lebensraum* i boblogaethau diwydiannol estron. Llofruddio plant, llofruddio cenedl – nid ydynt heb eu cysylltiad. [*Ac Onide*, t.69]

Esboniad J. R. Jones ei hun ar y newid yn ei bwyslais yw

> '... y nheimlad i ydy, dyna sy'n cyfrif am fy shifft i, 'dwi'n credu, o weld dolur dyn yn nhermau Marxiaeth i weld dolur dyn yn nhermau Cymru. [*Dan Sylw*, t.138]

Daeth Cymru'n fychanfyd yn cynrychioli'r unigryw na chawn mohono ond unwaith ac am byth. Bydd cyfle yn yr adran nesaf i ymhelaethu ar hyn, ond tybed na allwn ddweud mai'r consyrn am ddyn ac am y gwerth dynol sy'n gyffredin i draethiadau'r pedwardegau a thraethiadau'r chwech a'r saithdegau ac sy'n eu cydio ynghyd? Yr un egwyddor sydd ar waith, ond ei bod mewn cyd-destun gwahanol ac yn cael ei dehongli a'i chymhwyso mewn amgylchiadau gwahanol. 'Does dim rhaid iddynt lwyr ganslo'i gilydd allan, fel y dengys Diwinyddiaeth Rhyddhad. Mae'r ddiwinyddiaeth honno, at ei gilydd, yn derbyn bod y dadansoddiad Marcsaidd o gymdeithas a'i heconomi yn berthnasol i amgylchiadau America Ladin.

YR ATHRO J. R. JONES

Mae'n medru bod yn Farcsaidd heb gael ei llyncu gan Gomiwnyddiaeth ryngwladol, y diwinyddion yn medru bod yn genedlaetholwyr ac yn Farcsiaid, yn yr ystyr eu bod yn cymhwyso'r dadansoddiad Marcsaidd at gyflwr eu cenhedloedd eu hunain.

Mae syniadau cymdeithasol J. R. Jones yn drwm dan ddylanwad ac yn nyled Reinhold Niebuhr. Y duedd amlwg yw olrhain ei alwad am wreiddiau a'i bwyslais ar eu pwysigrwydd i weithiau Simone Weil. Ond hyd yn oed gyda'r alwad honno, ni allwn osgoi syniadau Niebuhr. Mae'r dyn modern wedi ei ddiwreiddio i raddau pell gan wrbaneiddio, gyda'r canlyniad ei fod yn ceisio'i wreiddiau yn naear ei gynefin. Gan fod cysylltiad dyn â natur wedi ei lacio gan ei ryddid a'i drosgynoldeb, sef y syniad Niebuhraidd am ddyn ar gyffordd rheidrwydd naturiol a rhyddid ysbrydol, mae yna wedyn ymchwil am wreiddiau yn yr hyn a oruwchadeiladwyd ganddo ar sylfaen y ddaear naturiol. Y goruwchadeiladwaith hwnnw yw ei gymdeithas. Y genedl yw'r gymdeithas honno a rydd i ddyn wreiddyn ym mharhad sylwedd ei ysbryd i lawr y canrifoedd. Daw i ddyn wreiddiau hefyd trwy ei waith. Yr hyn a wnaeth Simone Weil oedd gosod y broblem economaidd mewn cyd-destun priodol trwy bwysleisio pwysigrwydd y dasg o greu gwareiddiad a fydd yn seiliedig ar natur ysbrydol gwaith. Ond mae J. R. Jones hefyd, yn yr un cyswllt, yn dyfynnu geiriau Niebuhr:

> This essential homelessness of the human spirit is the ground of all religion. [gw. *Ac Onide*, t.164]

Ystyr hyn yw, er bod dyn yn medru sefyll megis o'r tu allan iddo'i hun, ni all ei ddeall ei hun na'i gwblhau ei hunan yn sylfaenol ond o'r tu hwnt iddo'i hun ac o'r tu hwnt i'w fyd. Mae tair egwyddor yn codi o hyn – pryder, creadigrwydd ac unigrwydd dyn. Gweld problem Democratiaeth a wnâi Niebuhr fel gwrthdaro rhwng deimensiwn unigol a deimensiwn cymdeithasol bodolaeth dyn. Yr hyn a welai J. R. Jones oedd anghytgord rhwng cyfundrefnau cyfiawnder a'r brotest yn erbyn awdurdodaeth. Yr apêl at ddyn fel bod rhesymolaidd yr oedd yn bosib ei oleuo oedd sail Democratiaeth i J. R. Jones. Ond 'roedd hyn yn sail annigonol yng ngolwg Niebuhr, gan na chredai fod rhesymolrwydd dyn yn ddigon o amddiffyniad. Eto, byddai J. R. Jones yn sicr o gytuno â'r hyn a ddywedodd Niebuhr:

> Mae ar gymdeithas angen rhyddid yn ogystal â'r unigolyn; ac mae ar yr unigolyn angen trefn yn fwy nag y mae'r meddwl bwrdais yn barod i'w gydnabod. [The Children of Light and The Children of Darkness, t.10]

'Rydym yn y sefyllfa lle'n hwynebir gan ryddid yr unigolyn a threfn ei gymdeithas. Gan gydnabod hynny, mae Niebuhr yn cydnabod angen cymdeithas am ryddid ac angen yr uniolyn am drefn. Er hynny, nid yw'n gweld sylfaenu democratiaeth ar yr apêl at reswm a gwerth dyn, yr hyn a welai J. R. Jones yn gyfiawnhad i'r ymhwrdd democrataidd ('y cyfrif gor-optimistaidd o'r natur ddynol') yn ddigon o gyfiawnhad. Meddai Niebhur:

> Mae dawn dyn i ymddwyn yn gyfiawn yn gwneud democratiaeth yn bosib; ond mae tuedd dyn at fod yn anghyfiawn yn gwneud democratiaeth yn angenrheidiol. [ibid., t.vi]

Nid yw'r gwahaniaeth yma rhwng Reinhold Niebuhr a J. R. Jones yn gwneud y gyfatebiaeth rhyngddynt yn llai amlwg a dilys. Y gwahaniaeth mewn sylfaen a welwn yma ac nid y gwahaniaeth mewn diffiniad o ddemocratiaeth ac o'r angen amdani. 'Roedd cymdeithas yn fwy i Niebuhr na chasgliad o unigolion, a daliai fod gan gymdeithas fel yr unigolyn 'ymwybod â hunaniaeth barhaol trwy gyfnewidiadau hanes'. Gwerth Cymreictod i'r unigolyn o Gymro, yn ôl J. R. Jones, yw 'ei fod wedi bod yr un un i lawr yr oesoedd'. Mae ymgnawdoli strategaeth cariad fel y gwnaeth Iesu, yn ôl Niebuhr, yn dod wyneb yn wyneb â gwrthwynebiad ac yn cyffroi nwydau cymdeithas dyn. Dyma sy'n egluro'i bwyslais ar y gwahaniaeth rhwng cariad atgyrchol a chariad-aberthol a hynny heb fod yn amherthnasol i broblem cyfiawnder. Am ymdriniaeth â pherthynas cariad a chyfiawnder, gweler y gyfrol *Niebuhr* yng nghyfres 'Y Meddwl

Modern'. Mae cyfranogi yn ewyllys Iesu i achub y byd, fel y gwêl J. R. Jones bethau, yn tynnu llid y galluoedd demonaidd am ein pennau. Am ddylanwad y gwahaniaeth rhwng yr atgyrchol a'r aberthol a ganfyddir yn Niebuhr ar syniadaeth J. R. Jones, gweler ei ysgrif, 'Pa Ragoriaeth?', *Y Traethodydd*, Ionawr, 1951.

Cyfeiriwyd at y newid ym mhwyslais J. R. Jones, o weld dolur dyn yn nhermau Marcsiaeth i'w weld yn nhermau Cymreictod. Mae newid cyffelyb i'w weld ym meddwl Niebuhr hefyd, o Farcsiaeth i wrth-Farcsiaeth neu Ddemocratiaeth, ond ni chollodd afael, er hynny, ar ei gonsyrn am gyfiawnder yng nghymdeithas dyn. Daliodd hynny i greu patrwm a synthesis yn ei feddwl. Gallwn ddweud un peth am draethiadau J. R. Jones am gymdeithas, fod y consyrn ysol am ddyndod dyn a thegwch ei gymdeithas yn creu patrwm a synthesis yn ei feddwl. Er bod gwahaniaethau rhyngddynt, mae'r tebygrwydd rhyngddynt yn fwy na chyfatebiaeth.

IV

CENEDL

Mae'r cyflwyniad hwn o feddwl yr Athro J. R. Jones yn tynnu tua'i derfyn wrth ymdrin â'r genedl a'i thynged, a hynny ar ôl trafod Cristnogaeth a Chymdeithas. Cyn mynd ati i grynhoi'r traethiadau ar y genedl, mae'n rheidrwydd arnom nodi'r modd y bu i J. R. Jones ei hun gamu o'r naill at y llall. Nid yw hyn yn anwybyddu'r cyfeiriad ar ddiwedd Adran III at yr hyn a farnwyd fel rhywbeth yn rhoi patrwm ac undod i'w feddwl er gwaetha'r newid a fu'n ei bwyslais.

Mae teimlo'r gorfod sydd i drafod y cysylltiad rhwng Cristnogaeth a thynged y genedl yn arwydd nad ydym ni yng Nghymru yn gwbl gyfforddus ynglŷn â'r mater. Yn wir, mae'r Athro'i hun yn ymwybodol o hynny, oherwydd bod safiad ar argyfwng Cymru yn

> ... anos ei gyfiawnhau i'r 'saint' na'r gofal am gwestiynau 'byd-aeng' fel problem hil, heddwch etc. Cloffrwym trychinebus yw'r syniad fod 'cyffredinolrwydd' (*universalism*) Cristnogaeth yn rhedeg yn groes i'r syniad o wahanrwydd bychanfyd ac yn gwacáu'r syniad hwn o unrhyw werthoedd crefyddol, Cristnogol. [Mewn llythyr at yr awdur]

Mae'n mynd ymlaen i ddweud peth fel hyn yn yr un llythyr:

> Cafwyd dos rhy gref o ryw fath o gymysgiad cymylog o 'Gristnogaeth ryddfrydig' a 'Sosialaeth ddyneiddiol' yng Nghymru.

Cyn mynd at ddadleuon J. R. Jones ynglŷn â gwerth y syniad o genedl, mae'n rhaid gweld sut y mae ef ei hun yn camu trosodd oddi wrth y cyffredinolion at y bychanfyd gwahanol, a hynny heb fod yn nhermau newid yn unig. Y teimlad yw bod yna atalfa ryfedd ar yr Eglwys

YR ATHRO J. R. JONES

Gristnogol yng Nghymru mewn perthynas ag unrhyw gais ymwybodol i gadw a diogelu'r gwahanrwydd cenedligol am ei fod rywfodd yn groes i neu'n anghyson â dysg y Testament Newydd am dynged dyn ar y ddaear ac am arfaeth hanes. Nid yw hyn mor wir ag y bu a chaed newid yn yr hinsawdd, a cheisir cyflwyno'r hyn sydd gan J. R. Jones i'w ddweud gan gadw hyn mewn cof.

Ni chafodd y ddysg am le'r genedl yn rheidiau ysbrydol dyn le i dyfu oherwydd y camddeall a'r camddehongli a fu ar ddysgeidiaeth y Testament Newydd am yr un dyn newydd yng Nghrist. Cysylltwyd y ddysgeidaeth am yr un dyn newydd â'r hyn a ddywedodd Paul am ddatod canolfur y gwahaniaeth rhwng Iddew a chenedl-ddyn. Yr hyn a olygai'r Apostol oedd bod Duw'n awr yn agor bendithion ysbrydol yr Israel newydd i'r cenedl-ddyn. Y camddehongli yw bod hyn wedi troi'n gondemniad ar y pethau sy'n gwahanu dynion yn genedligol, a bod gyda dyfodiad y Deyrnas ganolfuriau'r gwahanrwydd hwn yn cael eu dileu. Golygai hyn doddi i mewn i gymdeithas unffurf fyd-eang lle nad oes 'nac Iddew na Groegwr', a dynion i gyd yn gydradd eu hawl a chydradd eu breintiau. Disgynnai'r pwyslais trymaf ar y cydraddoli cymdeithasol, ar ddileu pob gwahanrwydd braint a chyfle. Ond dyma a ddigwyddodd, yng ngeiriau J. R. Jones

> . . . rywfodd fe gymysgwyd hyn â'r dyb bod ffurfiau ar wahanrwydd nad oes a wnelont ddim â braint a chyfle yn dod dan gondemniad hefyd. Fe ystumiwyd delfryd 'brawdoliaeth dyn' yn fath o gollfarn ar y gwahanrwydd sy'n creu dynion o fewn i gymundodau organaidd – a enwir felly am eu bod yn clymu dynion â'i gilydd drwy eu gwreiddiad naturiol ynddynt.
>
> [*Cristnogaeth a Chenedlaetholdeb*, t 2]

Cymysgu rhwng arwahanrwydd naturiol a gwahaniaethau braint a chyfle a fu'n gyfrifol am y cloffrwym a'r atalfa a fu ar yr Eglwys Gristnogol yng Nghymru. Am bwysleisio'r oedd Paul gydraddoldeb Iddew a Groegwr fel dynion y bu Crist farw trostynt. Gellir profi mai dyma a olygai drwy sylwi iddo ddweud yn debyg am wryw a benyw:

> . . . eu bod o ran eu dynoliaeth yn gydradd, ar waethaf difreiniad y fenyw yn yr hen fyd, tra nad oes *synnwyr* yn yr awgrym bod gwahaniad y rhywiau i'w *ddileu*. [*Gwaedd yng Nghymru*, t.10]

Dim ond yn eschatoleg y Testament Newydd y mae hyn yn cael ei ddileu. Nid am ddynion mewn byd o amser y dywedir nad ydynt 'yn gwreica ac yn gwra', ond am ddynion a aeth drwy'r llen allan o fyd amser a hanes. Ni feddant mwyach y modd i wneuthur hynny. Maent wedi myned 'fel angylion Duw'. Yr hyn a ddigwyddodd fel canlyniad i'r camddehongli yw fod cymdeithaseg Cristnogion wedi mynd i droi bron yn gyfan gwbl o gwmpas dwy haniaeth foel – yr unigolyn anwreiddiedig a'r gymdeithas organaidd nad oedd yn ddim ond cefndir o unigolion unffurf tebyg. Canlyniad hyn fu ein gadael heb ddim dysg Gristnogol am le'r genedl yn arfaeth Duw ar gyfer dyn. Golygodd y ddwy haniaeth uchod, ar wahân i un eithriad, fod sylweddau'r gyfathrach rhwng dyn a dyn, sef y cymundodau naturiol, organaidd hynny y daw dynion megis o'r bru yn wreiddiedig ynddynt, wedi diflannu. Meddai J. R. Jones:

> Ni wyddom sut i osod yn ffrâm ein cred mewn Cristnogaeth a Rhagluniaeth arwyddocâd y ffaith am fywyd dyn ar y ddaear nad i fyd diffiniau, penagored, y genir ef ond i fyd wedi ei wahanu'n glymiadau neu gymundodau organaidd, seiliedig ar ryw wahanrwydd sy'n bod wrth natur. [*Cristnogaeth a Chenedlaetholdeb*, t.2]

Yr ymosodiad ar yr ecsploetyddiaeth economaidd ar ddyn a geir gan y J. R. Jones cynnar, ond yr ymosodiad ar ddilead y dyn naturiol, gwreiddiedig mewn cenedl a geir gan y J. R. Jones diweddar. Yr eithriad yn niflaniad sylweddau'r gyfathrach rhwng dyn a dyn yw'r teulu. Wrth osod dinasyddiaeth dyn yn y nefoedd, fe ddiwreiddiwyd yr unigolyn gan Gristnogaeth. Wrth bwysleisio pwysigrwydd y teulu, 'roedd Cristnogaeth yn cydnabod bod ar yr unigolyn angen gwreiddiau yn hyn o fyd. Y pwynt ynglŷn â symud o drafod yr ecsploetyddiaeth economaidd i drafod y diwreiddio ar ddyn, nid yw J. R. Jones yn gweld dim yn groes i'r argyhoeddiad

YR ATHRO J. R. JONES

Cristnogol yn y frwydr i ddiogelu gwreiddiau gwarineb dyn mewn cenedligrwydd. Mae tybio fel arall yn dibynnu ar gamddehongliad.

Nid yw'r cam o'r Cristnogol i'r Cymdeithasol mor anodd i'w gyfiawnhau â'r cam o'r Cristnogol i'r Cenedlaethol. Her i'r Egwyddor Brotestannaidd y mae J. R. Jones yn ei weld, yn athrawiaethol a chymdeithasol, yn ein dyddiau ni. Un o oblygiadau pwysicaf yr egwyddor hon yw nad oes gan ddyn fonopoli ar y gwir. Dyma y mae hyn yn ei olygu'n gymdeithasol:

> . . . nad oes i unrhyw sefydliad nac awdurdod na chyfundrefniad cymdeithasol ar y ddaear arwyddocad a therfynolrwydd absoliwt. [*Ac Onide*, t.7]

Troi'r Egwyddor Brotestannaidd yn brotest yn erbyn ecsploetio economaidd a wnaeth J. R. Jones yn y pedwardegau, ond yn brotest yn erbyn pob rhyw ffasgaeth a wêl y Wladwriaeth yn ddiben ynddi ei hun o'r chwedegau ymlaen. Gwasanaethu cymdeithas yw diben gwladwriaeth, ac mae'r brotest wrth-ffasgaidd hon felly yn gweld diogelu bodolaeth y genedl, fel ffurf ar gymdeithas, yn dasg o bwys.

Mae J. R. Jones ei hun yn egluro'r symud oddi wrth 'y cymdeithasol' at 'y cenedlaethol' fel newid o weld dolur dyn yn nhermau Marcsiaeth i'w weld yn nhermau dolur Cymru. Os oedd yr Eglwys Gristnogol wedi gweld arwahanrwydd cenedlaethol ar yr un gwastad â gwahaniaethau braint a chyfle, a hynny'n ddibynnol ar gamddehongliad, gwnaeth Sosialaeth yr un camgymeriad. Cyfnewid a wnaeth hi y cymundod organaidd, cenedligol am gymundod unffurf, cyffredinol, a bydlydan. Dyma a ddywed J. R. Jones:

> Ac fe droes Sosialaeth yn ddreif filain i ddatgymalu'r bychanfydoedd a chwalu'r undodau a glymir gan wahanrwydd organaidd – ac i wneud hynny, sylwer, yn enw apêl honedig flaengar a honedig gyson â'r Testament Newydd, yr apêl at werth cynhenid pob dyn ac at y gwirionedd ddarfod i Dduw wneuthur o un gwaed bob cenedl o ddynion. [*Cristnogaeth a Chenedlaetholdeb*, t. 12]

Canlyniad hyn oedd bod Sosialaeth wedi troi yn bennaf

gelyn ei hamcanion hi ei hun. Codwyd gobeithion am fyd a fyddai'n gwarantu rhyddid a phersonoliaeth pawb gyda chyfuniad rhwygiadau cymdeithas, ond fe ganfu dynion eu bod yr un mor agored i'w di-bersonoli, eu troi'n unedau diarwyddocâd, yn y gymrodoriaeth sosialaidd ag yr oeddynt dan gyfalafiaeth. Meddai J. R. Jones:

> Nid mewn collectif o gydraddolion cyfundrefnedig ond mewn cymundod organaidd y meithrinir ac y coleddir personoliaeth. [ibid., t.13]

Cytuna J. R. Jones â'r Sosialwyr fod y bychanfydoedd wedi bod unwaith yn garcharau i weithwyr y byd. Ond daeth caethiwed newydd o dynnu'r gweithiwr o'i wreiddiau. Y frwydr dros ddynoliaeth a phersonoliaeth dyn o fewn yr undod organaidd yw'r wir frwydr sosialaidd bellach. Dylid cael slogan newydd, 'rhyddid ac urddas a chyfanrwydd personoliaeth o fewn i'r gwreiddyn organaidd'. Mae'n bosib gweld y ddau bwyslais yn nhermau dwy feirniadaeth, un ar y mudiad sosialaidd am anghofio'r dimensiwn cenedligol, a'r llall ar y mudiad cenedlaethol am anghofio'r dimensiwn cymdeithasol-sosialaidd. Tybed a fyddai J. R. Jones, pe cawsai fyw, wedi mynd ymlaen i geisio synthesis o'r ddau bwyslais? Mae cyfeiriad hyn i'w ganfod mewn Diwinyddiaeth Rhyddhad. Ond mater o ddyfalu yw hyn, ac felly'n ein harwain i ystyried yr hyn a oedd gan J. R. Jones i'w ddweud am yr argyfwng cenedligol.

(i) **Prydeindod.**

Wrth sôn am genedligrwydd Cymru, 'rydym yn rhwym o ddod wyneb yn wyneb â Phrydeindod. Pa un yw'r genedl, Prydain neu Gymru? Beth yw hanfod ein cenedligrwydd, Prydeindod neu Gymreigrwydd? Yn y fan hon y mae meddwl J. R. Jones mor allweddol ac arwyddocaol.

Mae dau syniad yn bod ynglŷn â Phrydeindod, mai gwladwriaeth yw Prydain, y drefn lywodraethol, gyfreithiol a gwleidyddol y mae trigolion yr ynys hon dan ei hawdurdod, ac mai cenedl ydyw. Tyfu a wnaeth y genedl Brydeinig o'r cymysgwch pobloedd a doddwyd i mewn i'w bodolaeth. Clymiad o genhedloedd dan yr un grym ydyw, 'cenedl' gyfansawdd newydd. Mae J. R. Jones yn gweld hyn yn angau i'n cenedligrwydd fel Cymry. Sail ei ymdriniaeth o Brydeindod yw cymunedau dynol a'r gymuned fel ymglymiad. Rhaid, yn ei farn ef, wrth leiafswm o dri chwlwm i glymu dynion yn gymuned genedligol:

> Y clymau hynny yw: (1) tiriogaeth ddiffiniedig, (2) priod iaith (neu, weithiau, briod ieithoedd) y diriogaeth, a (3) crynhoad y diriogaeth dan un wladwriaeth sofran. Dyma glymau ffurfiant cenedl. Cymuned *trichlwm* ydyw.
> [*Prydeindod*, tt. 9-10]

Gyda chymundod wedi ei ffurfio gan ddau o'r clymau hyn, tiriogaeth ddiffiniedig a gafodd ei gwladychu, a'r iaith a siaradwyd ar y diriogaeth honno, pobl sydd gennym yn hytrach na chenedl. Cymundod deuglwm yw pobl. Ei chraidd yw cydymdreiddiad priod iaith a phriod dir.

Yr Athronydd Fichte o'r Almaen yw'r dylanwad ar J. R. Jones yn yr hyn sydd ganddo i'w ddweud am glymiad iaith. Yn ôl Fichte, ffurfiwyd dynion gan iaith yn llawer mwy nag y ffurfiwyd iaith gan ddynion. Mae hyn, gan hynny, yn gwneud yr arfer o siarad iaith yn ystyriaeth o'r pwys mwyaf. Y casgliad y daw J. R. Jones iddo wedyn yw bod hyn cystal â dweud:

> ... nad fel clymydd bywydegol megis gwaedoliaeth neu hil y mae iaith yn clymu. Clymu ysbrydoedd dynion y mae. Yn y cof, nid yn y gwythiennau y rhed ei hymglymiad.
> [ibid., t.11]

Nid cynnyrch ewyllys dynion mohoni. Sylwedd ydyw a blethwyd i mewn i wead hanes gan natur. Mae'r gwirionedd yma'n bwysig fel atalfa rhag y gwyriad ffasgaidd sy'n gosod daear pobl mewn cydymdreiddiad deuglwm, nid â'u hiaith ond â'u gwaed:

> Gwyro ac ystumio'r ffurfiant deuglwm y mae'r Wladwriaeth ffasgaidd i'w dibenion ei hun – cythreulio'r grymoedd cudd sydd mewn Pobl drwy symud eu lleoliad o'r gwastad ysbrydol a diwylliannol i'r un bywydegol, o'r bychanfyd a gostrelwyd yng nghof y Bobl i ryw sylwedd cysefin a dilwgr yr honnir ei fod yn rhedeg yn llythrennol yn eu gwythiennau. [ibid., t.12]

Ond y mae ar ddyn angen hefyd am ofod, cynefin yng ngwacter a dibendrawdod Gofod. Dyma'r angen am fedru ei angori a'i leoli mewn gofod. Nid oes ond 'daear' ei Bobl ei hun fel y gofod ehangaf, y medr dyn sefyll ynddo a theimlo'r un pryd ei fod yn rhan organig ohono.

> Y mae mil o linynau dirgel yn ei glymu wrthi. I b'le bynnag y cerddo arni, bydd yno 'rhwng llawr a ne, Leisiau a drychiolaethau ar hyd y lle'. [ibid., t.12]

Mae cwlwm ymblethiad dyn yn naear ei gynefin bron â bod yn rhy ddwfn a chryf i eiriau. 'O leiaf', ychwanega, 'ni fedrwn mo'i elfennu'n haniaethol'. [ibid., t.12]. Amser fel lluniwr undod Pobl a bwysleisir gan J. R. Jones yn 'Y Syniad o Genedl' yn *Efrydiau Athronyddol* 1961. Y pwyslais yn *Prydeindod* yw ar amser fel prif ymglymiadau daear ac iaith:

> Ac o'r safbwynt hwn, y ffactor ymglymiadol yw bod y Bobl ar eu priod dir wedi bod yn siarad yr un iaith honno dros yr oesau. [ibid., t.13]

Cawn yr un pwyslais yn 'Gwerthoedd Cenedl', *Dan Sylw*,

> Bod yr un bobl wedi bod yn siarad yr un iaith ar yr un darn o dir . . . Felly, mae o'n dod â'r dreftadaeth o'r gorffennol efo fo i ni . . . [t.140]

Nid yw cydymdreiddiad tir ac iaith yn diflannu i'w gilydd, ond yn creu perthynas dufewnol. Mae J. R. Jones yn ein rhybuddio rhag camleoli'r cydymdreiddiad, ac yn dweud fel hyn:

> Yn oddrychol, *yn eneidiau dynion*, ac felly, yn wrthrychol, *yng nghymdeithas* dyn y digwydd yr hyn a alwaf yn 'gydymdreiddiad' tir Pobl â'u hiaith. [*Prydeindod*, t.13]

Syniad disynnwyr fyddai dal bod hyn yn digwydd yn natur fel rhyw drawsffurfiad dewinol ar gyfansoddiad y tir. Ynom ni y mae'r dafell naturiol o ddaear sy'n gorwedd rhwng Lloegr a Môr Iwerddon yn 'Gymru'. Mae'r modd y mae cwlwm gofod wedi ymblethu â chwlwm ysbryd y Bobl i'w ganfod yn yr enwau a roesant yn eu hiaith ar eu mynyddoedd a'u broydd, eu hafonydd a'u pentrefi. Gafael yn eu tir a wnaeth Pobl a'i gymathu i wead eu bywyd yng nghyfryngwriaeth iaith. Dim ond yn enwau'r lleoedd yr erys y Gymraeg yn iaith y tir mewn llawer man yng Nghymru fel yr erys y Gernyweg yng Nghernyw. Gweddillion y cydymdreiddiad rhwng iaith a thiriogaeth a geir yn yr ardaloedd hynny lle mae'r Gymraeg yn yr ystyr hon yn 'iaith y tir':

> Oblegid yr iaith fyw, yn y troedle cwtogedig hwn sy'n aros iddi, *yr ydym yn Bobl*. [ibid., t.14]

I'r graddau y mae iaith yn iaith bywyd beunyddiol dynion ar lawr eu daear y mae iaith Pobl yn cydymdreiddio â'u tiriogaeth. Pe collid hyn yn llwyr, ni allem wybod pa Bobl ydym. Mae'n anfarchnadadwy. Mae J. R. Jones, yng nghyswllt Cwm Tryweryn a Chwm Gwendraeth fach, yn gwrthod y ddadl sy'n dweud mai daear yw daear a dŵr yw dŵr ar bum cyfandir, am mai darnau o gydymdreiddiad tir ac iaith yw'r broydd hyn. Meddai:

> Mater o *droedle* yw bodolaeth Pobl. A dull sicr o'u difrodi yw sugno eu troedle i mewn i Ofod ehangach y bydd ei ganolfan grym y tu allan iddynt ac yn rhan o ffurfiant cenedl arall. [ibid., t.15]

Collwyd Tryweryn am nad oedd canolbwynt grym i ofod y Cymry.

Yma y mae J. R. Jones yn cydnabod bod yna broblem yn codi – beth a ddigwyddodd i'r Cymro a gollodd ei Gymraeg? A beidiodd hwn â bod yn Gymro? Cododd y cwestiwn yma fynydd o boen a thramgwydd yng Nghymru a hynny oherwydd diffyg dirnadaeth a'n galluogai i'w drafod ar wastad sy'n ddigon dwfn. Mae J. R. Jones yn gweld y sefyllfa'n debyg i glogwyn mewn chwarel y mae'r creigwyr yn ei naddu i lawr a'i gloddio allan fesul plyg, neu fel adfail fawr neu hen long yn pydru ac yn ymddatod ddarn wrth ddarn. Ei ateb, gan hynny, i'r cwestiwn dreiniog a gododd yw nad yw'r Cymry di-Gymraeg wedi peidio â bod yn Gymry:

> . . . eithr ar y llaw arall, oblegid tynnu'r iaith allan o'i chydymdreiddiad â'r tir lle safant, Cymry ydynt nad erys

iddynt ond y graddau o weddillion yr hunaniaeth gyfan Gymreig. [ibid., t.16]

Gwelir dau gamgymeriad yn digwydd yng Nghymru – y Cymry Cymraeg yn mynnu galw pob Cymro di-Gymraeg yn Sais, a Chymry di-Gymraeg yn mynnu y bydd 'Pobl Gymreig' yn aros er bod diflaniad eu hiaith yn derfynol. Pe darfyddai'r Gymraeg, ni fyddai gan wladychwyr daear Cymru mo'r modd i wybod pa Bobl ydynt.

Ond beth am y trydydd cwlwm sy'n rhan o ffurfiant cenedl, sef crynhoad y diriogaeth dan un wladwriaeth sofran? O anwybyddu'r Alban, i bwrpas y drafodaeth, dwy bobl a geir yng Mhrydain, y Cymry'n bobl a luniwyd gan gydymdreiddiad tir Cymru â'r iaith Gymraeg, y Saeson yn bobl a luniwyd gan gydymdreiddiad tir Lloegr â'r iaith Saesneg. Â'r bobl Seisnig yn unig y cafwyd cydymdreiddiad gwladwriaethol sy'n ffurfio cenedl. Nid awgrymu a wna J. R. Jones nad yw Cymry'n bobl gyflawn,

> Erthylwyd eu datblygiad *trichlwm*. Canys o'r pryd y collasant eu hannibyniaeth, fe'u cyfundrefnwyd dan Wladwriaeth na fedrai hi, am ei bod hi'n ffurfiannol estron iddynt, ddim cydymdreiddio â'u hiaith ac â'u tir i'w saernïo hwy'n genedl. [ibid., t.19]

Nid yw'r Cymry, ar unrhyw gyfrif ffurfiannol, fymryn llai pobl na'r Saeson, er bod iddynt ddichonoldeb cenedligrwydd cyflawn. Cenedl erthyledig, fel y dengys y dyfyniad uchod, yw'r Cymry. Mae'n wir ein bod yn ymglywed â pherthyn i'r gymundod sy'n gyffredin i'r Saeson ac i ninnau, ond mae dau wastad i bob cymundod – gwastad ffurfiannol a gwastad gweithrediadol, yn cyfateb i 'physiological' a 'functional' yn Saesneg. Y camgymeriad yw cymysgu'r ddau wastad yma. Yr un newid ffurfiannol a all ddigwydd inni yw

> ... 'colli'n tir' yn yr ystyr o golli'n *troedle* drwy'r crebachu cyson gymaint o weddillion ein daear ag a erys o fewn i rwymyn y cydymdreiddiad â'r iaith Gymraeg [ibid., t.21]

Gwrthyd J. R. Jones yr ymgais i ddiffinio gwahanrwydd Cymru yn nhermau'r syniad o 'werin' a hynny am mai consept *gweithrediadol* yw'r werin yn hytrach nag un ffurfiannol. Mae'n gwahaniaethu rhwng ffurfiant cymuned a'i hynt neu ei gyrfa ar y gwastad gweithrediadol. Clymu tiroedd ac ieithoedd dwy bobl y mae'r Wladwriaeth Brydeinig. Camgymeriad dybryd fyddai uniaethu'r cymundod 'Prydeinig' â'r Wladwriaeth Brydeinig ei hun, ac wedyn defnyddio hynny i brofi'r ddadl nad dichon mai cymundod *cenedl* ydyw. Ateb J. R. Jones i hyn, a dyma ddadl greiddiol ei lyfr, yw:

> . . . er i'r Wladwriaeth Brydeinig a'i Chyfraith gydymdreiddio â'r Bobl Gymreig, *nid â'n ffurfiant deuglwm y cydymdreiddiodd.* Mewn geiriau eraill, ni chydymdreiddiodd yn y fath fodd fel ag i greu *ffurfiant newydd.* [ibid., t.23]

Yr hyn a wnaeth Harri'r VIIIfed oedd agor tragwyddol heol i gydymdreiddiad gweithrediadol y Wladwriaeth â llif beunyddiol bywyd pobl Cymru ac ag arferion, trefniadau a chonfensiynau byw eu bywyd.

Mae J. R. Jones yn ymwybodol o'r ddadl ddiwydiannol, sef bod economi Cymru yn rhan annatod a chydymdreiddiol o economi gyffredinol Prydain. Cydnebydd fod yr orchwyl o ennill bywoliaeth yn creu gwe o glymau gwydn sy'n rhedeg trwy fywyd y gymuned a mynd yn ddwfn i fywyd pobl. Cychwynnodd y Chwyldro Diwydiannol y broses o ymestyn gallu ac awch y wladwriaeth i ymyrryd mewn rhaglunio a gosod cyfeiriad i'r economi. Eto, gwrthyd J. R. Jones fod economi a daenwyd dros diroedd y Cymry a'r Saeson wedi eu hasio'n un bobl Brydeinig:

> Yr ateb, yma eto, yw *nad ffurfiannol mo'r clymau economaidd* er dyfned a llwyred eu cydymdreiddiad â bywyd y gymuned. Clymau 'gweithrediadol' ydynt, yn clymu megis o fewn i gyfnewidfa'r gyfathrach ddynol. [ibid., t.24]

Ymddengys y clymau economaidd fel pe baent yn gweithio at uno a chyfannu dynion. Maent yn gwneud gwreiddio mewn gwahanrwydd yn bosib. Dim ond yn hanes y Saeson y daw'r wladwriaeth Brydeinig i undod trichlwm, gan adael y Cymry ar wahân ar wastad deuglwm yn unig. Nid â'r Cymry a'r Saeson yn un bobl o ran eu ffurfiant tra pery inni weddillion cydymdreiddiad tir Cymru â'r iaith Gymraeg.

Dadfeiliad eithaf a graddedig yw'r dichonoldeb i bobl golli eu hunaniaeth. Nid yw'r Sais wedi ei faglu gan amwysterau hunaniaeth gyda'r canlyniad fod bod yn Brydeiniwr yn gyfystyr iddo â bod yn Sais. Mynd yn ffurfiannol amwys iddo'i hun a wnaeth y Cymro, ond deil ffurfiant y Sais yn glir a chadarn. Mae'n debycach felly o fod yn gweld y gwir ar y gwastad ffurfiannol. Mae J. R. Jones yn dal y byddai cwrs clafychiad yr hunaniaeth Gymreig, o fethu atal ei thranc, yn pasio trwy dair stad neu dri chyfnod. Y cyntaf yw'n cyfnod ni lle mae hunaniaeth y Cymry wedi treulio ymaith o rannau helaeth o'r wlad a hynny fel pe bai wedi ei hynysu'n ffurfiannol o fewn i derfynau'r Wladwriaeth Brydeinig:

> Yn y sefyllfa hon . . . fe ddiogelir ei *bodolaeth,* ac felly sicrhau arwyddocâd i'r hyn a weddillir ohoni yn y rhannau hynny, gan barhad cydymdreiddiad y tir â'r iaith yn y Gymru Gymraeg. [ibid., t.27]

Cyfnod bylchu'r hunaniaeth ydyw, heb ei gyrru allan o fod. Y dadansoddiad yma a arweiniodd at ddyrchafu'r syniad o'r 'Fro Gymraeg' a mudiad fel Adfer, er bod hynny, fel y datblygodd, wedi mynd yn rhyw fath o feddylfryd y ghetto.

Ond beth a ddigwydd yn yr amser yn union wedi trengi o'r Gymraeg? Byddai colli gweddillion olaf y cydymdreiddiad â'r Gymraeg yn golygu bod ffurfiant y bobl Gymreig wedi ei ysigo a phobl Cymru ar eu ffordd i fynd yn *ffurfiannol* gydryw â phobl Lloegr. Byddai pobl y rhanbarth yn dal yn wahanol i weddill poblogaeth Prydain i'r graddau y byddai cydymdreiddiad â'r 'eco' neu'r 'atgof' a adawodd y Gymraeg ar ei hôl yn iaith y rhanbarth. Ni allai'r cydymdreiddiad trichlwm ffurfio cenedl Gymreig ar ddaear *Wales* a'r bobl Gymreig wedi gorfod diflannu gyda thoriad y cydymdreiddiad ffurfiannol.

Nid oes dim a fedr atal y diffeithiad ffurfiannol rhag

dirwyn i'w derfyn eithaf unwaith y derfydd am gydymdreiddiad tir pobl â'u hiaith. Peth brau a diflanedig yw atgof. Ni byddai digon o wahaniaeth rhwng cynnwys diwylliannol Saesneg Wales a chynnwys diwylliannol Saesneg Lloegr i atal a rhwystro cydymdreiddiad tir ac iaith y rhanbarth i fod yn rhan o gydymdreiddiad trichlwm y wladwriaeth Brydeinig a daear cyffredinol Prydain â'r iaith Saesneg:

> Bid sicr, fe arhosai'r enw 'Wales', fel yr erys yr enw Cornwall, ond byddai'r dydd wedi dod na roddid *unrhyw arwyddocâd ffurfiannol iddo mwyach*. [ibid., t.30]

Pe cwblheid y broses hon o ffurfio cenedl i *Brydain*, nid trwy amryfusedd y byddid o hynny allan yn defnyddio 'Britain' ac 'England' fel yn gyfystyron.

Mae J. R. Jones yn ymdeimlo fel pe bai rhyw frad wedi bod wrth ddefnyddio'r enw 'cenedl' am y Cymry. Nid yw'r Cymry fel pe baent yn hoffi cael gomedd a nacáu'r enw hwn arnynt, oherwydd bod ymglywed o'r tu mewn i ffurfiant deuglwm rhwng pobl wedi rhoi ynddynt yr argyhoeddiad styfnig eu bod yn genedl. Ond er gwaethaf hynny, pobl ydym. Dichonoldeb cenedl sydd inni. Y newid strategol a fydd o bwys yw y bydd y bobl eu hunain yn dod yn ymwybodol o'r dichonoldeb, a deffro ynddynt yr ewyllys i fod yn genedl. Dyma adeg ymglywed â'r hyn a alwodd J. R. Jones yn 'gynddaredd gwahanrwydd' pobl:

> A thra y geill *gwahanrwydd* fodoli yn unig ar y gwastad ffurfiannol ac anymwybodol, y mae'n rhaid i gynddaredd gwahanrwydd fod yn ysgogiad ymwybodol a chodi'n anorfod felly i'r gwastad gweithrediadol. [ibid., t.32]

Y pwynt pwysig yw mai o wahanrwydd ffurfiant y bobl y daw y cynddaredd a gyfyd i'w hymwybyddiaeth. Nid yw pob tacteg yn gwarantu ac ennyn yr union gynddaredd y mae'r frwydr yn gofyn amdano. Dyna'n problem ni yng Nghymru, gwybod sut i godi cynddaredd gwahanrwydd i wastad gweithrediadol a pheri bod y Cymry'n ymglywed â'r potensial grymus a ffurfiannol sydd iddynt i dyfu'n genedl. Ateb J. R. Jones yw mai trwy ddysgu hanes y mae cyfarfod â'r broblem, peri i'r Cymry gofio pa bobl ydynt.

Y cam mawr yw newid llwyfan bodolaeth y sylweddau ffurfiannol, o fod yng nghôl y gorffennol yn unig i fod yn ymwybyddiaeth y bobl piau hi. Rhaid i'r bobl ymglywed â'r golled o ganiatáu porthi'r gwahanrwydd allan o fod:

> Ond pan ewyllysiant hynny, ni chaniatâ gofynion ffurfiant iddo fod yn ddim amgen nag ewyllysio ymreolaeth, ceisio eu gwladwriaeth eu hunain, symud o'r diwedd i ddiddymu erthyliad eu tyfiant trichlwm. [ibid., t.33]

Mae J. R. Jones yn gweld bod yna dri chanlyniad i bwysau treisiol, ideolegol Prydeindod ar feddyliau cynifer o Gymry. Y canlyniad cyntaf yw ymddieithriad y Cymry cyffredin oddi wrth eu hiaith. Mae gwallgofrwydd gelynion agored y Gymraeg yn hyglyw, ond mae cywilydd y werin yn ymdaenu fel rhyw is-gyfeiliant i'r elyniaeth agored hon. Yr esboniad ar hyn, yn ôl rhai, yw'r un seicolegol lle mae pobl yn ildio i'r duedd heidiol i ddynwared, cydymffurfio ac ymaddasu i'w hamgylchfyd. Mae J. R. Jones yn cydnabod bod tueddiadau fel hyn ar waith, ond yn teimlo bod y clwy'n ddyfnach. Bu tynfa hunaniaeth arall yn gweithio'n ddidrugaredd ar eu hisymwybod ar lun awgrym ymwthiol, perswadiol mai'r Saesneg oedd i fod ac a oedd yn iawn ac yn bwysig:

> A'm haeriad i yw mai dyma a wna'r ideoleg yn ei gafael ar Gymru yn enwedig ar fywyd ei threfi, fawr a mân: amgylchynu dynion â deniadau a dylanwadau *hunaniaeth* arall a bair iddynt ymhollti ymaith oddi wrth eu hunaniaeth gyntaf a chael felly eu diberfeddu a'u heiddilo yng nghraidd eu personoliaeth. [ibid., t.43]

Dylai'r hyn a ddigwyddodd i'r bobl Geltaidd hynny y cydymdreiddiodd eu hiaith unwaith ar ddaear Cernyw fod yn rhybudd difrifol inni. 'Fe'u Prydeiniwyd allan o fod.' Cydymdreiddiad oesol yr iaith â thir Cymru a fu'n gyfrifol am ein llunio ni. Ac nid yw'n ymddangos y gallem barhau fel pobl hebddi oni allem fyw fel paraseits ar weddillion y cydymdreiddiad hyd yn hyn.

Yr ail beth y mae J. R. Jones yn ei weld yn ganlyniad ideoleg Prydeindod yw iddo greu dosbarth o Gymry sy'n manteisio'n dufewnol ar eu perthynas â Chymru, ond yn y gwaelod, naill ai'n ddidaro ynghylch tynged ein cenedligrwydd neu'n gweithredu i brysuro'i thranc. Bydd rhai a berthyn i'r dosbarth yma'n cymryd yn ganiataol barhad ein gwahanrwydd a llithro i fod yn baraseits difeddwl ac anfwriadol. Ni wêl Cymry canol y raddfa ddim yn anghyson wrth gynnull clod iddynt eu hunain drwy ymwneud â'r diwylliant Cymraeg a bod yn gwbl argyhoeddedig nad oes obaith fyth i achub einioes y genedl Gymreig. Mae eraill, a dyma'r eithaf isaf, y rhai sy'n dymuno tranc ein cenedligrwydd ac eto porthi'n fras ar ffresni'r gwahanrwydd diwylliannol:

> Y nythaid ffieiddiaf o'r rhain yw'r cyhoeddusgwn o darddiad Cymreig sy'n cyfuno cas cyfiawn tuag at y Gymru Gymraeg a digon o gydnabyddiaeth dufewnol â'i bywyd i fedru tynnu gwawdlyn ohoni mewn Saesneg snerllyd ar raglen deledu neu yn y wasg. [ibid., t.44]

'Does dim byd mwy ffiaidd na gwneud sbort am beth mor ddoluradwy â diwylliant lleiafrifol yn awr ei nychdod. Gwelodd rhai Cymry, a dyma godi'n uwch ar y raddfa, gyfle i saernïo cornel ac enw iddynt eu hunain ar gorn eu meistrolaeth ar bwnc priodol ac arbennig i'r Gymru Gymraeg, megis ei hiaith neu ei hanes. Pesgi ar wahanrwydd cenedligol y maent. Meddai J. R. Jones am y Cymry diwylliedig hyn:

> Paraseits diwylliannol ydynt: ni feddant enw gwell. Ymborthant ar sylwedd y gorffennol heb gyfranogi'n yr ewyllys i'w gadw'n fyw. [ibid., t.45]

Maent yn tynnu 'gwahanrwydd' a 'gwreiddioldeb' a 'diddordeb' deunydd allan o'r sylwedd diwylliannol Cymraeg, ond yn ecsploetio hynny a thorheulo yn ei wobrau y tu mewn i ffrâm y Prydeinfyd. Cydnebydd J. R. Jones y perygl o gael ei gyhuddo o fod yn bwrw ergyd yn erbyn rhai nad oeddynt yn ei feddwl o gwbl. Er gwaethaf hynny, mae'n dal i deimlo bod posibilrwydd sefyllfa bur anghynnes pan ddigwydd i bobl o dras a thraddodiadau rhywiog ddechrau colli eu gwahanrwydd o'r tu mewn i fywyd cymundod ehangach:

> Canys fe demtir rhai hyddysg yn y diwylliant lleiafrifol, i ddibenion eu gyrfa yn yr oruwch-gymuned, i besgi ar eu rhagorfraint mewn ffyrdd sydd fwy neu lai parasitig.
>
> [ibid., t.45]

Os dadl yr ideoleg sy'n iawn, a bod ein gwreiddiau yn genedligol yn y genedl Brydeinig, yna perthynas barasitig sydd inni oll â'r diwylliant Cymraeg. Yr hyn sydd gan J. R. Jones mewn golwg yw'r duedd ymhlith Cymry Cymraeg a dynnwyd i rwydau Prydeindod i ysgaru'r iaith a'r diwylliant Cymraeg oddi wrth unrhyw ofal am ddyfodol y Bobl Gymraeg. Ond y wir frwydr i'w hymladd yw'r un:

> . . . i dynnu holl fywyd ein pobl allan o rithfyd y 'cenedligrwydd' Prydeinig i mewn yn ôl i ffrâm yr unig genedligrwydd real a ddichon fod i'r Cymry, sef yr un a dardd ohonom fel Pobl – a gwraidd ein ffurfiant deuglwm, sef o gydymdreiddiad tir Cymru a'r iaith Gymraeg. [ibid., t.46]

Os yw ffynonellau sylwedd y gorffennol yn dal i darddu'n gryf, tynnwn oddi arnynt yn greadigol y byddwn:

> Ond lleidr ydych os daliwch i dynnu ar y sylwedd dihoenllyd heb gyfranogi'n yr ymdrech i atal ei nych. [ibid., t.47]

Gellir priodoli'r dirywiad enbyd yn y dymer gyhoeddus yng Nghymru i ddylanwad a drygwaith yr ideoleg Brydeinig. Y rhai a gyhuddir fwyaf o beri'r dirywiad hwn yw'r Cenedlaetholwyr. Felly, pam y mae cymaint o arwyddion straen yn eu rhengoedd a bod rhyw nodyn chwerw'n eu llais? Yr ateb, fel y gwêl J. R. Jones bethau, yw ei bod yn anodd, yn wyneb y ffaith bod gwahanrwydd pobl yn darfod, gyfiawnhau'r gwahanrwydd ar sail ei fodolaeth. Mae'n anodd profi pam y dylai'r gwahanrwydd barhau. Mae'r math yma o wahanrwydd yn dal yn y byd, gwahanrwydd pobl, nid am y dylai barhau ond am fod gan y bobl piau ef yr ewyllys iddo barhau:

> Y siomiant creulonaf i gynheiliaid achos Cymru heddiw yw cael bod ewyllys y Cymry, yr ewyllys i wrthod dilead eu gwahanrwydd, megis wedi ei pharlysu o'i mewn.
>
> [ibid., t.47]

YR ATHRO J. R. JONES

Mae J. R. Jones yn dal mai amwysedd mewn hunaniaeth a gododd o'r ildiad i ddeniadau Prydeindod a barodd hyn. Parlys anghofrwydd pobl na wyddant pwy ydynt ydyw. Yr hyn sy'n ychwanegu at yr anghymod yng Nghymru yw bod yr ideoleg yn creu ei byd ei hun ar ddaear Cymru. Aeth cynheiliaid yr iaith Gymraeg yn estroniaid ar eu tir eu hunain. Cawn fod rhai'n annog y genedl yn foesolus i ddysgu cwrteisi a bod yn unol. Nid dweud a wna J. R. Jones na ddylem fod yn unol, ond na allwn fod yn unol, a hynny oherwydd natur ein sefyllfa drist. Dyma a wna'r ideoleg:

> . . . ein *diwreiddioli'n* ddiarbed, ein digenedligo drwy ein tynnu allan, gerfydd y gwraidd, o hen 'ddaear' ein ffurfiant.
> [ibid., t.49]

Y cwestiwn sy'n codi'n syth yw, pwy fyddwn ni wedi'n diwreiddio a'n digenedligo? Os na fyddwn yn Saeson, fe fyddwn, yn ôl rhai, yn rhan o deip dynol newydd, Y Gorllewinwr. Ni allwn ddod yn wreiddiedig yn ôl yr hunaniaeth hon, ym marn J. R. Jones, oherwydd ni choleddir gwreiddiau ond mewn bychanfyd a drosglwyddwyd i lawr o'r gorffennol. Mae'n wir fod deallusion a chynyddgarwyr yn mawrygu ehangrwydd ac anniffinioldeb meddylfryd y Gorllewin, ond

> Ni welant – am na fynnant weld – yr anwareiddir y Gorllewin i'w graidd gan anfadrwydd y tueddiadau sy'n tynnu poblogaethau allan o'u bychanfydoedd a'u gollwng ar gorwynt yr union 'ehangrwydd' bondigrybwyll hwn.
> [ibid., t.50]

(ii) **Cenedligrwydd Cymru.**

Y diffiniad o genedl a roes J. R. Jones oedd fel endid yn meddu ar leiafswm trichlwm – tiriogaeth ddiffiniedig, priod iaith y diriogaeth, a chrynhoad y diriogaeth dan un wladwriaeth sofran. Yr hyn a wnaeth wedyn oedd troi'r diffiniad hwn yn faen prawf y consept a'r ideoleg o genedl Brydeinig, a dod i'r casgliad, ar ei sail, mai un genedl sydd ym Mhrydain. Pobl a geir yng Nghymru, er enghraifft. Mae'r diffiniad hwn yn berthnasol i bob ac i unrhyw genedl. Felly, rhaid gofyn, os nad cenedl mo

Prydain, ac os pobl yw Cymru, beth ymhellach sydd gan
J. R. Jones i'w ddweud am ein cenedligrwydd?

Os gofynnir beth yw pwrpas cenedl, nid y genedl
Gymraeg yn awr, ond pob cenedl fel y cyfryw, dyma'r ateb
posib:

> ... y *mae* pwrpas i bob cenedl, a'r un math o bwrpas i bob
> un, boed fach neu fawr: sef bod yn *fwyd* i ryw nifer penodol
> o eneidiau – y bobl hynny sy'n digwydd byw ar ei
> thiriogaeth, yn awr a thros y cendlaethau.
> [*Ac Onide*, t.160]

Mae dwy wedd ar yr hyn yw cenedl, darn o ofod sy'n bod
yn awr a sylwedd yn cerdded trwy Amser. Ar y naill law,
mae'n gasgliad o bobl mewn amryfal gydymweithiau yn
poblogi darn o dir ar wyneb y blaned ar hyn o bryd, ac ar
y llaw arall, yn fwy na pheth sy'n llenwi hyn a hyn o le'n
unig, yn endid yn cerdded drwy Amser:

> Ac yn ei cherddediad drwy Amser, y mae'n llestr i gario
> trysor – trysor sydd hefyd yn fwyd – na fedr dim arall ei
> ddiogelu, sef trysor y gorffennol. [ibid., t.157]

O'i chymharu â hoedl y genedl, byr yw hoedl yr unigolyn,
ond rhydd y genedl iddo wreiddyn ym mharhad ei
sylwedd i lawr y canrifoedd. Nid yw hyn yn golygu bod y
genedl yn oruchaf ar restr gwerthoedd y ddaear. Yr unig
beth y gallwn briodoli gwerth hanfodol iddo mewn hyn o
fyd, yn ôl y safon Gristnogol, yw'r enaid unigol. Dadl J. R.
Jones yw bod gwerth y genedl yn deillio o'r union werth
hwn a berthyn i eneidiau dynion. Meddai:

> Gwerth 'deilliol' sydd i genedl, gwerth.'cyfryngol', eithr nid
> yr un math o werth cyfryngol ag a berthyn, dyweder, i'r
> offer neu'r llestri a ddefnyddiwn. [ibid., t.160]

Mae'r gwerth deilliol a chyfryngol yn clymu'r genedl yn
llawer tynnach wrth enaid dyn nag y mae gwerth
cyfryngol yr offer a ddefnyddiwn. Yr un math o werth
sydd iddi ag a berthyn i'r bwyd sy'n angenrheidiol i ddyn
er diogelu ei faeth a'i gynnydd:

> I wŷr a gwragedd a phlant y perthyn y gwerth cynhenid, a
> bod yn *faeth anhepgor* i'r pethau hyn sydd o'r gwerth uchaf
> ar ddaear Duw a rydd i'r genedl hithau ei safle arbennig yn

YR ATHRO J. R. JONES

y raddfa gwerthoedd deilliol – safle a ddaw, yn wir, mor uchel yn y raddfa hon nes ein twyllo i'w chymysgu â safle'r pethau sydd o werth intrinsig. [ibid., t.160]

Nid unrhyw faeth y gellir dweud ei fod yn anhepgor, ond y maeth y bu i ddamwain ein geni ein gyrru iddo. Mae'r pwylais ar werth intrinsig yn y dyfyniad uchod yn cyfateb i'r gwahaniaeth a dynnodd J. R. Jones rhwng 'distinctive' a 'distinct'. 'Does dim arbenigrwydd yn perthyn inni fel cenedl, ond mae unigrywiaeth. Yr hyn y mae 'distinct people' yn ei ddweud amdanom yw bod gennym ni wahanrwydd. Am y gwahaniaeth hwn a'r hyn sy'n dilyn ohono, gweler 'Gwerthoedd Cenedl', *Dan Sylw*, tt. 140-141.

Mae'r genedl fel sylwedd sy'n cerdded drwy Amser yn gwneud y gorffennol a'r ymwybod ohono yn bwysig. Yn y goleuni hwn y mae J. R. Jones yn trafod y ddrama, *Cymru Fydd* gan Saunders Lewis, drama gomisiwn Eisteddfod Genedlaethol y Bala, 1967. Mae'n werth dwyn i gof gymeriadau'r ddrama: Dewi Rhys, mab y Mans; ei dad a'i fam; Bet, merch y ficer a chariad Dewi, a nifer o'r heddlu. Y sefyllfa yw fod Dewi wedi ei garcharu am dorri i mewn, ond iddo ddianc o'r carchar. Ar ei ffordd oddi yno, ymosododd ar drafaeliwr a dwyn ei arian. Daeth adref. Rhaid cofio hefyd ddarfod i Dewi fod yn fyfyriwr ac yn un o brotestwyr yr iaith yn Llythyrdy Dolgellau. Yn sefyllfa'r ddrama fe gyfyd y cwestiwn a ddylai ei roi ei hun yn nwylo'r heddlu ai peidio. Yr hyn y mae dehongliad J. R. Jones yn ei wneud yw pwysleisio'r wedd ar y genedl fel sylwedd yn cerdded drwy Amser gan wneud gwreiddiau a gorffennol yn bwysig. Gan hynny, mae'r geiriau hyn a leferir am Dewi'n y ddrama, "Dydi cofio ddim yn rhan o'i fywyd . . . Iddo fo 'does dim Cymraeg rhwng doe a heddiw', yn magu arwyddocâd pwysig. Mae J. R. Jones yn cyfeirio at yr olygfa gïaidd yng ngŵydd yr heddlu wedi i Dewi ofyn, 'Pwy ydy'r sarff ddaru mradychu i?':

Bet: Dewi!
Dewi: Llais! Llais o'r gorffennol!
Bet: Fel yna rwyt ti'n cadw adduned?

Dewi: Adduned?
Bet: Neithiwr.
Dewi: Neithiwr? ... *Pa bryd neithiwr?*
[*Cymru Fydd*, tt. 65-66]

Yn nehongliad J. R. Jones, Dewi yw Cymru, heb berthynas o fath yn y byd rhyngddi hi a'i gorffennol. Gwrthodir ganddo'r dehongliad dirfodol o'r ddrama, y dehongliad sy'n gweld yma ddarlun o ddyn, yn wyneb gwacter bodolaeth, yn datrys problem drwy greu ystyr iddo'i hun. Yn ôl y dirfodwyr, nid oes i ddyn a ddaliwyd mewn gwacter ystyr ddim ar ôl ond rhoi ystyr i'w fywyd ei hun trwy ddewis. Gall y dewis olygu ymdynghedu i arwriaeth greadigol neu i gythreuldeb a thor-cyfraith. Dewisodd Dewi sefyll ei hunan yn wyneb byd a chymdeithas, herio cymdeithas, a herio cyfraith a barn. Dyma'r ateb i argyfwng gwacter ystyr. 'Doedd yn difaru dim, meddai wrth ei dad, 'fe ddewisais i'r profiad.' A dyma mewn gair yw'r ddysg ddirfodol. Ond gwêl J. R. Jones y ddrama'n feirniadaeth ar y ddysg ddirfodol. Dywed y ddysg honno y meistrolir gwacter ystyr trwy ddewis, oherwydd wrth feistroli'r gwacter, daw, neu fe ddylai ddod, sefydlogrwydd, crynhoad sylw ac unplygrwydd amcan. A 'dyw'r pethau hynny ddim yn dod i Dewi er gwaetha'r ffaith iddo ddewis. Y dewis a allai fod wedi sefydlogi Dewi fuasai dewis Bet sy'n golygu camu i mewn yn ôl i gymdeithas ddynol, gyfrifol, a pharhaol. 'Roedd Bet am gael yr ias o gael canu hwiangerddi ei nain i fechgyn Dewi, dymuniad sy'n ei dangos fel un a oedd yn fodlon plygu i amodau parhau yn yr olyniaeth oesol. Byddai camu i mewn i gymdeithas ddynol, gyfrifol barhaol yn sefydlu parhad pobloedd. Ond mae Dewi'n mathru'r gobaith hwn am gymod â bodolaeth drwy gariad a chred a chyfrifoldeb. Ystyr y dewis a wnaeth oedd iddo ddewis difancoll. Gwêl J. R. Jones ei bod yn bwysig, o safbwynt y dehongliad hwn o *Gymru Fydd*, dynnu gwahaniaeth rhwng y pethau a ddywedir am Gymru, ei chyflwr a'i thynged, gan gymeriadau'r ddrama, yn cynnwys Dewi, a'r ffordd y mae Dewi ei hun, yn y gwacter ystyr di-orffennol a'i daliodd ac a'i gyrrodd mewn rhuthr at hunan-ddinistr, yn ddarlun o gyflwr a thynged Cymru. 'Roedd y rhuthr at hunan-ddinistr yn troi o gwmpas dau wacter – gwacter ystyr a gwacter cof. 'Roedd y gwacter cof yn golygu bod gorffennol Dewi wedi marw o'i fewn a'r gwacter ystyr yn ei atal rhag gweld nad damwain druenus, dila ydyw byd a bydoedd. Fel hyn y mae J. R. Jones yn cysylltu hynny â Chymru:

> Anafwyd a difrodwyd ei chof. Dyna paham na ŵyr ei phobl hi ddim pwy ydynt. Yng nghanol Pobloedd Ewrob, y maent fel anifail ar goll mewn tyrfa – yn ddryslyd a mud a heb fedru dweud ei enw. [*Gwaedd yng Nghymru*, t.30].

Yr hyn a barodd i Dewi ddewis llwybr herwr a throseddwr oedd protest Cymdeithas yr Iaith Gymraeg, a Bet yn eu mysg, yn Llythyrdy Dolgellau. 'Roedd wedi gweld yr heddlu'n ei chario hi a'r protestwyr eraill allan a'u taflu ar y palmant. Ond mae J. R. Jones yn gweld y brotest hon yn brawf hefyd yn hanes Cymru:

> ... yn brawf o ddyfnder cwymp ei gwerin Gymraeg i wacter di-orffennol – yn brawf o ymddangosiad haid yn ein mysg o annynion di-wreiddiau, di-etifeddiaeth, a di-genedl. [*Gwaedd yng Nghymru*, t.31]

Mae rhybudd yn y ddrama i gychwyn, os Cymru ddi-orffennol, ddi-etifeddiaeth a ddewisodd gwerin Brydein-llyd Dolgellau yn eu dirmyg a'u casineb at Brotestwyr yr Iaith, yna'i thynged fydd tynged Dewi Rhys. Ond mae disgrifiad yn ogystal yn y ddrama, a dweud y mae hwnnw mai Dewi Rhys yw'r Gymru Fydd:

> Canys nid oes o flaen *honno*, yn argyfwng gwacter ystyr yr ugeinfed ganrif, ond suddo'n ddyfnach, ddyfnach i'r pydredd moesol a cholli ei chof i gyd – mewn naid i'r difancoll – yn y diwedd. [ibid., t.32]

A defnyddio'r diffiniad o genedl fel sylwedd yn cerdded drwy Amser ac fel sylwedd yn cynnig maeth sy'n diogelu cynnydd dyn a gwarantu ei ddatblygiad, mae cenedl yn gyfrwng cadw dyn yn waraidd o fewn ei gymdeithas.

Mae hyn yn codi dau gwestiwn sy'n gysylltiol ym meddwl J. R. Jones, sef hunaniaeth a gwreiddiau. Cri am wreiddiau sy'n dod i'r wyneb gyda phroblem cenedligrwydd, a'r ateb a wêl J. R. Jones i'r gri yw'r genedl. Mae'n arwyddocaol fod y cyfeiriadau at y genedl fel sylwedd yn cerdded drwy Amser a bod iddi werth 'deilliol' a 'chyfryngol' i'w canfod yn yr ysgrif, 'Yr Angen am Wreiddiau' yn y gyfrol, *Ac Onide*. Mae'r angen am wreiddiau'n bod oherwydd bod bywyd dyn ar gyffordd rhwng rheidiau naturiol a rhyddid ysbrydol, syniad y mae J. R. Jones, fel y gwelsom, yn ddyledus amdano i Reinhold Niebuhr. Mae'r ffaith hon yn gwneud dyn:

> . . . yn ysbryd sylfaenol ddiangor, sylfaenol ddigartref, ac o ganlyniad yn greadur sylfaenol ddadwreiddiadwy.
> [*Ac Onide*, t.156]

Y peth pwysicaf i ddyn y tu yma i'r llen yw ei barhad mewn amser a hynny tu hwnt i'r terfynau a osodwyd i'w oedl unigol yn hyn o fyd, ond drwy'r genedl gall ei weld ei hun yn goroesi'r byrhoedledd unigol ac yn parhau'r un un i lawr drwy'r oesau. Mae J. R. Jones yn defnyddio geiriau Simone Weil i bwysleisio gwerth y gorffennol:

> Ni ddwg y dyfodol i ni ddim, ni ddyry i ni ddim; nyni fydd raid rhoi i'w hadeiladu. Eithr i fedru rhoi, rhaid meddu, ac ni feddwn yr un gynhysgaeth*fywiol ond y trysorau a ddaeth i lawr i ni o'r gorffennol wedi eu cymathu a'u creu o'r newydd gennym. [gw. *Ac Onide*, t.158]

Mae'r berthynas rhwng hoedl fer dyn ar y ddaear â bodolaeth a pharhad ei genedl yn rhan o gwestiwn a ofynnwyd i J. R. Jones gan Gwyn Erfyl; gw. 'Gwerthoedd Cenedl', *Dan Sylw*. Gadael cwestiwn pwrpas enaid dyn ar wahân i hoedl frau dyn ar wyneb y ddaear yn benagored a wnaeth J. R. Jones. Rhoes ddau ateb a gynrychiolai ddau safbwynt, a rhyw oleuni yn ei lygaid a gwên ar ei wyneb wrth iddo wneud hynny. Yr ateb cyntaf yw'r ateb clasurol-Gristnogol a gyflwynir trwy ddyfyniad o'r Llythyr at yr Hebreaid sy'n sôn am y rhai a fu farw heb dderbyn yr addewidion. Dyma'r rhai a gyfaddefai mai dieithriaid a phererinion oeddynt ar y ddaear, cyfaddefiad a olygai eu bod yn ceisio gwlad, sy' mewn gwirionedd yn golygu eu bod yn chwilio am wreiddiau. Pe baent yn meddwl am y wlad yr oeddynt wedi dod allan ohoni, 'roedd amser ganddynt i ddychwelyd iddi, hynny'n golygu ail-wreiddio. Ond nis llethwyd gan hynny:

> Eithr yr awr hon gwlad well y maent hwy'n ei chwennych, hynny ydyw un nefol. Oherwydd paham nid cywilydd gan Dduw ei alw yn Dduw iddynt. Oblegid efe a baratôdd ddinas iddynt. [*Hebreaid* 11:16]

Yr ail ateb i gwestiwn Gwyn Erfyl yw'r un a gafodd gan yr athronydd Fichte o'r Almaen:

> Ni warantwyd i ddyn dragwyddoldeb ond drwy barhad annibynnol ei bobl. I ddiogelu hwn y mae'n rhaid iddo, yr unigolyn, fod yn barod, ie, hyd yn oed i farw, fel y bo'r gwahanrwydd byw ac y caffo arwyddocâd ei fywyd yntau fyw ymlaen ynddo a thrwyddo. [*Dan Sylw*, t.149]

Mae rhyw etifeddiaeth a gwerthoedd o'r gorffennol, a'r gorffennol yn gyfrifol am bob un ohonom heddiw, am yr hyn ydym. Dyma werthoedd gwarineb. Os yw'r genedl yn cael ei bygwth, mae'r unigolyn hefyd yn cael ei fygwth. Dyma'r hyn sy'n wir ym mherthynas y Cymro â'i genedl, ei fod wedi bod yr un un i lawr yr oesau. Mae'n golygu bod yr un bobl wedi bod yn siarad yr un iaith ar yr un darn o dir a dilyn eu dulliau o fyw ar yr un darn tir. Hyn a luniodd ei wahanrwydd:

> Felly, mae o'n dod â'r dreftadaeth o'r gorffennol efo fo i ni, ac yn rhoi gan hynny ddaear fydd yn medru derbyn a choledd fy ngwreiddiau i, a chwrdd â f'angen i am wreiddiau fel unigolyn, fel bychanfyd unigol personol.
> [ibid., t.140]

Yma y cenfydd dyn ddiogelwch i'w hunaniaeth a'i arwahanrwydd. Dyna a wêl J. R. Jones yn y genedl, yr ateb i ddyn yn ei gri am wreiddiau a diogelwch i'w hunaniaeth.

(iii) **Dirgelwch yr Hunan.**

Daw hyn â ni at y broblem a fu'n blino J. R. Jones, 'mawr ddirgelwch yr hunan', a defnyddio'i ymadrodd ef ei hunan, 'y peth yma sy'n medru dweud "Myfi".' 'Roedd y diddordeb athronyddol yma'n tywallt drosodd i gwestiynau a oedd yn cael eu cau allan gan y ffasiwn semantig mewn athroniaeth. Cyhoeddodd J. R. Jones bapur yn *Efrydiau Athronyddol* 1938, 'Sylwadau ar Broblem Natur yr Hunan' a phapur arall yn yr un cylchgrawn am 1969, 'Yr Hunan a'r hunan arall'. Yn ôl y safbwynt cynnar, mae'r hunan yn anniffiniadwy, ac mewn perthynas â'r hunan, yr unig ffordd o ddisgrifio bodau dynol eraill oedd fel bodau dieithr neu estron. 'Rydym yn medru sylwi ar anaf i'r llaw neu newid yn lliw'r gwallt. Dyma adnabod a gwybod sy'n digwydd trwy ganfyddiad. Ni allwn wybod yn iawn pa feddyliau sydd ynom. Yr unig beth y gallwn ei ddweud yw nad trwy ganfyddiad y deuwn i wybodaeth ohonynt. Y modd y deuwn i wybodaeth o'r meddyliau sydd ynom yw trwy fewnsylliad neu hunanymholiad. Nid yw ymwybyddiaeth yn rhywbeth tu hwnt nac uwchlaw fy mhrofiadau ymwybodol. Nid yw f'ymwybyddiaeth yn ddim amgen na chyfres o'm profiadau. 'Rwy'n gwybod bod y profiadau hyn yn rhan o adeiladwaith f'ymwybod i oherwydd y cysylltiad rhyngddynt. Mae'r cysylltiadau hyn yn dweud wrthyf, mewn rhyw ffordd neu'i gilydd, mai eiddof fi'r profiadau hyn. Bydd yr esboniad ffenomenolegol ar y ffaith hon yn dibynnu ar wybodaeth fwy datblygedig nag sydd gennym o'r gyfundrefn nerfol ganolog. Mae'r esboniad sylfaenol o'm hunaniaeth fel ymwybyddiaeth unigolyddol yn esboniad niwrolegol. Ymddengys bod natur yr hunan yn aros yn anniffiniol yn y cyfamser.

Ond beth yw perthynas hyn â'r hunan sy'n eiddo i eraill? Os yw f'adnabyddiaeth o'm hunan yn adnabyddiaeth o ddigwyddiadau mewnsyllol, ni allaf fod yn ymwybodol o brofiadau bodau dynol eraill. Profiadau adnabyddus i fewnsylliad y lleill ydynt. Mae'n dilyn wedyn mai anuniongyrchol a chasgliadol yw f'adnabyddiaeth o'r hunan arall. Dyma'r cam cyntaf yn yr adnabyddiaeth. Dadl bellach ynglŷn â natur yr adnabyddiaeth yw'r ddadl analogaidd. Nid yw'r adnabyddiaeth uniongyrchol o deimladau a phrofiadau pobl eraill yn bosib, felly mae'r adnabyddiaeth yn analogaidd ar sail fy mhrofiadau a'm teimladau i fy hunan. Mae J. R. Jones yn derbyn y ddadl er gwaetha'r gwendidau sydd ynddi. Nid yw'n dilyn, er bod ymddygiad y llall mor debyg i'm hymddygiad i, fod y teimladau a berthyn iddo ef yr un teimladau â'r rhai a berthyn i mi. Yr unig sicrwydd a fedd yr unigolyn gan hynny yw'r sicrwydd ynghylch ei deimladau ef ei hunan. Mae rhywbeth ynghylch y profiadau hyn sy'n f'arwain i dybio bod pobl eraill ar wahân i mi â phrofiadau cyffelyb. Cydnebydd J. R. Jones fod yna fewnsylliadau dieithr sy'n fy ngorfodi i gredu bod yna rialiti arall ar wahân i mi fy hun, er na allaf fod yn wrthrychol sicr ohonynt.

Ond parodd y dioddefaint yr ydym i gyd yn gyfranogion ohono beth newid ym mhwyslais J. R. Jones. Yng nghysgod hyn y dechreuodd alw am gliriach amgyffrediad o'r gymdogaeth ddynol. Wedyn, y cam nesaf oedd trafod hunaniaeth yn nhermau poen neu ddicter y gymdogaeth ddynol. Nid yw neb yn arsyllu ei ddicter ei hunan, ond mae'n arsyllu dicter y llall. Mae'r sawl sy'n mynegi a sylwi ar ddicter yn canfod synnwyr o fewn bywyd sy'n gyffredin iddynt. 'Does dim ystyr i boen na dicter na hunaniaeth ond yn yr ymateb cyffredin y cyfranogwn ohono. Er y gallwn gael ein twyllo ynglŷn ag eraill, nid yw hynny'n peri inni amau'r gymdogaeth ddynol. Dim ond o fewn y gymdogaeth honno y mae amheuon a chamgymeriadau'n ystyrlon. Mae yna wahaniaeth a pherthynas rhwng y myfi digymdogaeth a'r myfi ac iddo gymdogaeth.

Ar hyd y llwybrau hyn y daeth J. R. Jones i draethu am genedligrwydd. Trwy gyfranogi mewn cymdeithas, dod yn berchennog ar iaith, y mae'r unigolyn yn medru ymwisgo â meddyliau, teimladau a syniadau. 'Does dim ystyr i unigoliaeth a phersonoliaeth heb y syniad o gyfathrach o fewn cymdeithas. Gall yr arwyddion o'r hyn sy'n mynd ymlaen ym meddwl fy nghymydog fod yn ddigon tywyll, ond mae digon o arwyddion a chriteria'n gyson o'm cwmpas i roi imi gymdogaeth o gymheiriaid. Cymdeithas o bersonau tryloyw sydd yma yn hytrach na 'phebyll o glai', a'r hwn a dybiwn ni yn drigiannydd, yn cuddio o'u mewn:

> Ac yn arbennig mae gennyf yr un criteria sy'n llawr y cwbl – yr un a ddatguddia i mi'n gyffredinol mai mewn cymdogaeth o greaduriaid ymwybodol fel fy hunan y gosodwyd fi. ['Yr Hunan a'r Hunan Arall', *Efrydiau Athronyddol* 1962, t.56]

Bychan wedyn oedd y cam i'w gymryd gan J. R. Jones i sôn am y dyn unigol fel bychanfyd ac iddo'i hunaniaeth a'i gwnâi'n unigryw. Ystyr hyn yw dweud fod yr unigolyn wedi cadw'r un o'r dechrau i'r diwedd. Meddai J. R. Jones:

> Wel mae modd gwneud yr unigolyn fel cyfanfyd sy'n crynhoi profiad ac yn tynnu deunydd allan o'i fyd i wneud ei hun yn fychanfyd. Ond allan o'i fyd y mae o'n tynnu y deunydd, a rhan o'i fyd ydy 'i genedl o. [*Dan Sylw*, t.140]

Yr hyn sy'n digwydd wedyn ydyw fod y genedl yn dod yn fychanfyd y tu allan:

> ... sydd yn gwarchod amdano fo ac yn fagwrfa ac yn grud i'w hunaniaeth o, 'da chi'n gweld. [ibid., t.140]

Pe darfyddai'r genedl, fe beidiai yntau â bod yr hyn ydyw. Mae i ddyn fath o fychanfyd ac iddo fo ei hunaniaeth, yr hunaniaeth sy'n gosod stamp ei unigrywiaeth arno. Fel rhan o'i fyd, mae'r genedl yn gwarchod ei hunaniaeth, a chyda'i dilead hi fe ddeuai fy nilead innau'n ei sgil. Dyma'r myfi digymydog a'r myfi gyda chymdogaeth. Dyma gamre'r daith o'r man lle'r oedd yn sôn am 'Sylwadau ar Broblem yr Hunan' i 'Our Knowledge of Other Persons' nes cyrraedd y myfi sydd mewn cymdogaeth yn yr 'Hunan a'r Hunan Arall' a 'Gwerthoedd Cenedl' a'r dehongliad o *Cymru Fydd*.

Ym mha fodd y mae ymateb i syniad J. R. Jones am genedl a hanfod cenedligrwydd? Mentrwn wneud hynny gyda gair o amddiffyniad a gair o feirniadaeth. Mae'r amddiffyniad a'r feirniadaeth yn cychwyn gyda'r diffiniad o'r genedl fel trichlwm tir, iaith, a llywodraeth. Wrth gydnabod grymuster mynegiant dadansoddiad J. R. Jones, mae'r Dr. R. Tudur Jones yn dweud nad yw'n dadansoddi'n ddigon trylwyr. Mae'n anfodlon cyfyngu'r cydymdreiddio, er ffrwythloned ydyw, i dir ac iaith. Meddai:

YR ATHRO J. R. JONES

Mae'n gwbwl eglur fod J.R. yn gywir yn pwysleisio fod i iaith ymestyniad ac arwyddocâd daearyddol. A'r un modd, mae i ddaearyddiaeth arwyddocâd ieithyddol.
['Cenedlaetholdeb J. R. Jones', *Efrydiau Athronyddol* 1972, t.28]

Ond nid yw cenedl yn gyfyngedig i iaith, tir, a gwleidyddiaeth. Yr hyn yw cenedl yw cymundod sy'n rhychwantu pob agwedd ar dirwedd creedig. Wrth sôn am gwlwm economaidd, fel y gwna J. R. Jones yn 1960, mae egwyddor cydymdreiddio yn hynod awgrymog yma hefyd. Mae'n gofyn,

> Os yw economi cenedl yn y fath gyflwr dirywiedig fel bod ei thrigolion heb gynhaliaeth ddigonol ac yn gorfod troi'n alltudion i geisio eu tamaid onid yw hyn yn distrywio eu hiaith mor effeithiol ag unrhyw gyfundrefn addysg?
> [ibid., t.28]

Mae pob ffatri sy'n cynnal ei gweithgarwch yn Saesneg yn cwtogi troedle'r Gymraeg. Dyma gancr cydymdreiddiad tir ac iaith yn ogystal â chydymdreiddiad iaith ac economi. Os gweithgarwch gwladwriaeth a ddaeth â'r math yma o ffatri i ardal, mae hynny hefyd yn gancr y cydymdreiddio a ddylai fod yn nodweddiadol o berthynas iach a chyfiawn rhwng y Wladwriaeth a'r bobl y mae'n eu llywodraethu. Nid yw'r Dr. Tudur Jones yn aros gyda'r arweddau hyn, ond yn mynd ati i drafod arweddau esthetig, cyfreithiol a ffyddol gwrthrychau'n y byd creedig. Mae â wnelo arwedd esthetig ein bodolaeth â'r tir yr ydym yn byw arno a phan na chawn gydymdreiddio rhwng economeg, iaith, tir a'r arwedd esthetig ar fywyd, anrheithir dyffrynnoedd a mynyddoedd a throi paradwys yn anialwch. Mynegi argyhoeddiadau sylfaenol am gyfiawnder y mae cyfundrefn gyfreithiol gwlad. Mae yna gyfiawnder a gydnebydd ei fod o hanfod bywyd yn hyn o fyd fod cydymdreiddio rhwng iaith pobl a'r gyfraith a weinyddir yn eu plith yn beth na ellir ei sarnu ond ar berygl gwyrdroi pob cyfiawnder y ceisir ei weinyddu. Mae'r arwedd ffyddol yn cydymdreiddio â'r arweddau eraill o fywyd y genedl a phwyntio tu hwnt iddi ei hun at ei tharddiad yn ewyllys yr Un a wnaeth o un gwaed bob cenedl o ddynion i breswylio ar wyneb y ddaear. Dylai unrhyw ddadansoddiad o genedligrwydd gydnabod pwysigrwydd y cydymdreiddio rhwng yr iaith a'r arweddau amrywiol hyn. Meddai'r Dr. Tudur Jones:

> Rhaid diogelu deubeth. Ar y naill law, y cydymdreiddio sy'n perthyn i'r gwahanol arweddau ar unrhyw wrthrych creedig ac, ar y llaw arall, yr anwahanrwydd sy'n briodol i bob un o'r arweddau hyn. Ni wna'r tro i doddi'r naill i'r llall – troi pob agwedd ar fywyd cymdeithas yn ffurf ar yr arwedd economaidd, neu droi pob agwedd yn ffurf ar yr arwedd ieithyddol neu droi pob agwedd yn ffurf ar yr arwedd gyfreithiol. Rhaid parchu'r arweddau gan ddiogelu yr arwahanrwydd sy'n neilltuol iddo. [ibid., t.30]

Perygl dadansoddiad J. R. Jones, gan hynny, yw anghofio'r egwyddor hon a throi popeth ym mywyd y genedl yn ffurf ar un o'r trichlwm y mae ef wedi dewis canolbwyntio arnynt. Dadlau a wna Tudur Jones fod y clymau sy'n sicrhau bywyd cenedl yn niferus ac yn gymhleth, a heb barchu'r graddau hynny o annibyniaeth a berthyn i bob un, bydd trychineb yn dilyn.

Dylid sylwi mai'r hyn a ddywedodd J. R. Jones wrth ddiffinio cenedligrwydd yn *Prydeindod* oedd yr 'ymddengys i mi fod yn rhaid wrth y lleiafswm o dri chwlwm.' Mae 'lleiafswm o dri chwlwm' yn caniatáu cynnwys yr arweddau eraill y mae Tudur Jones yn sôn amdanynt. Cam yw awgrymu bod diffiniad J. R. Jones yn eu cau allan. Pan yw Tudur Jones yn sôn am 'y tri chwlwm y dewisodd ef ganoli arnynt' mae'n rhyw led awgrymu bod hynny'n cau pethau eraill allan. Fe soniodd J. R. Jones am 'wahanol fathau o gymunedau' ac am 'wahanol fathau o glymau penodedig' sy'n cadarnhau nad yw'n clymu popeth i'r trichlwm y mae'n eu trafod. Nid yw 'gwahanol fathau o gymunedau' (J.R.J.) yn ddim ond ffordd arall o sôn am 'gylymau niferus' (R.T.J.). Nid yw'r perygl a wêl Tudur Jones yn nadansoddiad J. R. Jones mor amlwg ag yr awgrymir.

Mae'r feirniadaeth yn codi o'r gwahaniaeth rhwng cenedl a dichonoldeb cenedl. Dichonoldeb cenedl sydd yng Nghymru, meddai J. R. Jones, a hynny am nad oes

YR ATHRO J. R. JONES

iddi'r crynhoad dan un wladwriaeth sofran ar ei thir ei hun yn ychwanegol at gydymdreiddiad tir ac iaith. Cymundod deuglwm yw Cymru. Mae'n anodd deall agwedd J. R. Jones, gan hynny, at hunanlywodraeth a senedd i Gymru. Os nad ydym yn gadarn ein hymlyniad yn y frwydr dros ryddid i Gymru, 'rydym wedyn, yn ôl diffiniad J. R. Jones o genedl, yn fodlon ar iddi aros yn bobl. Nid ydym yn caniatáu iddi dyfu i aeddfedrwydd cenhedlig llawn. Dyma y mae'n ei ddweud:

> Eithr a bwrw ddyfod cydymdreiddiad trichlwm o'r diwedd yn bosibl, ni fedrai ffurfio *cenedl* Gymreig ar ddaear 'Wales' gan i'r *Bobl* Gymreig orfod mynd allan o fod i wneud y cydymdreiddiad ffurfiannol yn bosib. [*Prydeindod*, t.27]

Trafod sefyllfa bosib y mae, sefyllfa fel y gallai fod ac nid sefyllfa fel y mae ar hyn o bryd. Mae'n golygu creu rhwyg rhwng y frwydr ffurfiannol a'r frwydr weithrediadol. Nid dweud a wnaf mai'r un peth ydynt, eithr awgrymu eu bod yn arweddau gwahanol ar y frwydr gyfan i ddiogelu hunaniaeth ac i roi gwreiddiau i'n pobl. Os nad yw'r ffurfiannol yn bod ar y gwastad gweithrediadol, y peryg yw y bydd yr enaid cenedligol yn troi'n sylwedd meddal ac annelwig. Onid darparu'r gwastad gweithrediadol gorau posib yw amcan a diben Plaid Cymru? Digwyddodd hynny am nad oedd neb yn barod i gymryd o ddifrif yr angen am drydydd cwlwm ein cenedligrwydd, crynhoad y diriogaeth dan un wladwriaeth sofran. Os yw pawb sy'n byw ar ddaear Cymru yn 'Gymry', mae'n anodd gweld sut y gallwn atal y di-Gymraeg rhag bod yn genedlaetholwyr, er y gallwn ddadlau mai cenedlaetholdeb anghyflawn ydyw heb y Gymraeg. Os dichonoldeb cenedl sydd yng Nghymru am nad yw'r diriogaeth wedi crynhoi dan un wladwriaeth sofran, pam na allwn ddweud mai dichonoldeb cenedligrwydd sydd yn y dosbarth hwn nad ydynt yn feddiannol ar y Gymraeg? Rhywbeth i'w geisio ydyw yn y ddau achos fel ei gilydd.

Mae J. R. Jones fel pe bai'n cydnabod y pwynt pan ddywed mai:

> . . . cyferbynnu yr wyf *dueddiadau* a welaf yn y frwydr genedlaethol gyffredinol – tueddiadau sy'n tynnu i gyfeiriadau croes ac yn cynhyrchu dau bwyslais strategol gwahanol. [*Gwaedd yng Nghymru*, t.89]

Mae'n mynnu nad 'run peth o reidrwydd yw *dealltwriaeth* unrhyw blaid ag athroniaeth ei *strategiaeth* hi. Darlun ei dealltwriaeth o'r sefyllfa a fydd yn ysgogi ei hymdrechion, ond nid y darlun hwnnw yn ei holl oblygiadau y bydd yn ei ddangos yn strategol i'r byd. Mae'n werth cofio mai o ddarlith ar Weithredu Anghyfreithlon a draddodwyd i gyfarfod o Gymdeithas yr Iaith Gymraeg yn ystod Eisteddfod Genedlaethol Aberafan y cymerwyd y cyfeiriadau uchod. Ceisio cyfiawnhau safbwynt a safiad Cymdeithas yr Iaith ar weithredu anghyfansoddiadol y mae'r ddarlith, a'r duedd wrth wneud hynny yw dibrisio'r mynegiant sefydliadol o genedligrwydd Cymraeg. Dyma a ddywed Dr. Meredydd Evans am safbwynt J. R. Jones ar y mater hwn, bod i'r safbwynt ei oblygiadau ymarferol pan yw bodolaeth pobl yn y fantol a hwythau'n ystyried eu cyflwr fel cyflwr o ryfel. Nid oedd heddychiaeth J. R. Jones yn caniatáu iddo argymell defnyddio dulliau arferol rhyfel i amddiffyn yr etifeddiaeth, ond 'roedd ei ddehongliad o argyfwng y genedl yn nhermau argyfwng tebyg i argyfwng rhyfel:

> Hyn, wrth gwrs, a'i gwnaeth yn ystod deng mlynedd olaf ei fywyd, yn amddiffynnydd hyglyw, di-dderbyn-wyneb Cymdeithas yr Iaith Gymraeg. [*Mered: Detholiad o Ysgrifau*, t.58]

'Roedd J. R. Jones yn cyhoeddi barn, yn galw am adnewyddiad ysbryd, yn herio ewyllys ei gyfoeswyr, a datgan ffydd a gobaith yn nyfodol ei bobl:

> Ac yn islais i'r cyfan y mae'r argyhoeddiad mai brwydr ysbrydol yw hon, brwydr grefyddol a dyneiddiol yr un pryd; oherwydd heb Dduw, heb ddim. [ibid., t.58]

Traddododd J. R. Jones y ddarlith y cyfeiriwyd ati uchod yn 1966 a Gwynfor Evans newydd ennill sedd gyntaf Plaid Cymru. Y cwestiwn wedyn oedd perthynas plaid wleidyddol a chyfansoddiadol â chymdeithas a drôi ar brydiau at weithredu anghyfansoddiadol:

YR ATHRO J. R. JONES

Eithr ni ddewisodd J. R. Jones drafod amodau moesol gweithredu o'r fath ar yr achlysur dan sylw. [ibid., t.79]

Ond mae dweud bod 'yr argyhoeddiad mai brwydr ysbrydol yw hon, brwydr ddyneiddiol a chrefyddol yr un pryd' yn gosod seiliau moesol i safbwynt a dulliau Cymdeithas yr Iaith. Os oedd yr hyn a ddywedodd Dr. Meredydd Evans yn y dyfyniadau uchod yn wir, mae'n anodd gweld sut nad oedd J. R. Jones yn trafod amodau moesol gweithredu anghyfreithlon. Bu iddo o leiaf osod y fath weithredu yn fframwaith y frwydr genedligol fel brwydr foesol. Ond yr hyn yr wyf eisiau tynnu sylw ato yw mai trafod un mynegiant o'r frwydr genedlaethol a wnâi J. R. Jones yn narlith Aberafan a hynny mewn gwrthgyferbyniad i'r mynegiant sefydliadol o'r frwydr. Mae diogelu'r bywyd Cymraeg trwy gymryd rhan mewn gweithgareddau a chymdeithasau y mae'r Gymraeg yn gyfrwng y gweithgareddau yn golygu ymladd yn sefydliadol. Cŵyn a glywir, pa un bynnag a oes sail iddi ai peidio, yw nad yw gweithredwyr anghyfansoddiadol yn cefnogi'r sefydliadau a'r cymdeithasau hynny sydd wedi bod yn defnyddio'r Gymraeg dros y cenedlaethau. Beirniadaeth y gweithredwyr anghyfansoddiadol yw nad yw'r cyfranogwyr o'r frwydr sefydliadol wedi ehangu cylch y defnydd o'r Gymraeg. Yn y pen draw, cydnabod grym y feirniadaeth hon a wna J. R. Jones, a dweud bod y sefydliadol yn annigonol ynddo'i hun. Ei duedd efallai yw anwybyddu'r sefydliadol.

Mae'n wir bod J. R. Jones wedi dweud peth fel hyn:

Y gwir yw fod yn rhaid torri'n rhydd oddi wrth Loegr, fel yr achuber einioes ein gwahanrwydd, *pe golygai hynny ostyngiad yn ein safon byw.* [Ac Onide, t.177]

Mae'r frawddeg hon yn mynegi delfryd sy'n ei gwneud yn anodd i'r mudiad cenedlaethol wynebu trwch y boblogaeth ac argyhoeddi'r meddwl poblogaidd o gywirdeb y ddadl tros ryddid cenedlaethol. Dyma'r hyn a luchir i'n dannedd gan wrthwynebwyr sefydlu cynulliad yng Nghymru, y byddai'n costio mwy na'r drefn bresennol. Er y gall gwrthwynebwyr cynulliad luchio'r ddadl hon i'r gwynt i borthi eu rhagfarnau, mae'n rheidrwydd mynegi'r ddadl dros ryddid cenedlaethol mewn termau economaidd. Dyma gyfrifoldeb plaid wleidyddol gyfansoddiadol. Oni chyflawnir y dasg hon, bydd y cydymdreiddio y soniodd J. R. Jones amdano'n anwybyddu'r arwedd economaidd ar fywyd y genedl.

Mae'r un tyndra'n yr Hen Destament yn y gwahaniaeth a wêl rhwng pobl a chenedl. Cafodd Abraham orchymyn i adael ei deulu a thŷ ei dad a mynd i'r wlad y byddai Duw'n ei dangos iddo. Mae, ynghlwm wrth yr alwad, addewid, 'a mi a'th wnaf yn genedl fawr'. Dweud a wna'r adnod fod yna newid statws i ddigwydd, o fod yn bobl i fod yn genedl. Ymgorfforiad o bobl ydoedd Abraham pan gafodd yr alwad, a'r addewid a gafodd yn dweud y tyfai i fod yn ymgorfforiad o genedl. Mae awgrym yma ac acw yn y Beibl o'r hyn a olygai tyfu i fod yn genedl. Golyga hyn fod cenedligrwydd yr Iddew am ei fynegi ei hun trwy gyfrwng sefydliadau. Dyma rai o nodau cenedligrwydd yn yr Hen Destament – y frenhiniaeth, crefydd ar sail yr ystyriaeth fod gan bob cenedl ei duw, iaith gyffredin, a thir neu wlad. Ar y naill law, tybir bod yn rhaid i Israel wrth statws cenedl i gyflawni ei gwaith fel 'pobl Dduw', a mynnodd Israel gael gafael ar y sefydliadau hynny a fyddai'n fynegiant o'i chenedligrwydd. Ar y llaw arall, mae'r Hen Destament yn pwysleisio mai gwag fydd statws y genedl heb y gwerthoedd sy'n clymu'r gymdeithas ynghyd fel pobl. Dyma'r modd y mae Gwilym H. Jones yn ehangu'r pwynt:

> Dyma swm a sylwedd y mater: y mae'r syniad o 'bobl' yn annelwig os nad oes gan y bobl gyfryngau iddynt eu mynegi eu hunain fel 'cenedl'; ond y mae'r syniad o 'genedl' yn wag os na cheir cwlwm dyfnach ar sail gwerthoedd a delfrydau diwylliannol a chrefyddol a una'r genedl yn 'bobl'. ['Y Genedl yn yr Hen Destament', *Gwinllan a Roddwyd*, gol. Dewi Eirug Davies, t.20]

Y gamp yw troi'r tyndra i fod yn greadigol a chadw'r balans rhwng y gwerthoedd sy'n sail y cenedligrwydd a'r sefydliad sy'n mynegi'r cenedligrwydd a'i ddiogelu. Y teimlad yw bod J. R. Jones, er ei fod yn cydnabod y cydymdreiddiad gwladwriaethol rhwng iaith a thir fel cwlwm angenrheidiol i genedligrwydd llawn, yn methu cadw'r balans ar brydiau.

'Rydwi am gloi gyda'r hyn a fynegais i yn 1973 am gyfraniad J. R. Jones:

> Fel Sylwedydd Cymdeithasol mae J. R. Jones yn ein gorfodi i osod marc cwestiwn gyferbyn â rhai o dueddiadau ein blynyddoedd ni. Fel Proffwyd Cymreictod, rhoes sail foesol, ddeallol i'n hymwybod cenedlaethol, yn ogystal ag ymateb emosiynol. Fel Athro Cristnogaeth, gorfododd ni i nithio'r gwenith oddi wrth yr us, y fytholeg oddi wrth yr hanfod. Ond wedi popeth rhaid dychwelyd at bersonoliaeth J. R. Jones. Mae Dewi Z. Phillips, ei olynydd yng Nghadair Athroniaeth Abertawe, wedi crynhoi nodweddion ei bersonoliaeth trwy gyfeirio at eiriau a roes J. R. Jones yn bennawd i'w bregeth mewn gwasanaeth yn y coleg ac a gyhoeddwyd yn erthygl yn ddiweddarach, 'Love as the Perception of Meaning': 'Cariad fel Canfyddiad Ystyr'. [*Y Traethodydd*, Ionawr 1973, t.32]

'Does dim yn y cyfamser yn peri imi newid fy meddwl. Yn wir, mae datblygiadau gwleidyddol Prydain a'r byd dros y chwarter canrif diwethaf, wedi cadarnhau pa mor berthnasol yw meddwl J. R. Jones o hyd.

LLÊN Y LLENOR

LLYFRYDDIAETH
[Detholiad]

(i) *Gweithiau J. R. Jones.*

Prydeindod [Llyfrau'r Dryw, 1966].
Ac Onide [ibid., 1970].
Gwaedd yng Nghymru [Cyhoeddiadau modern Cymreig, 1970].
Credaf: Llyfr o Dystiolaeth Gristnogol, gol., J. E. Meredith (yn cynnwys ysgrif gan J. R. Jones), [Gwasg Gee, 1943].
Anerchiadau Cymdeithasfaol (yn cynnwys dwy gan D. James Jones a dwy gan J. R. Jones), [Llyfrfa'r Methodistiaid Calfinaidd, 1943].
'Sylwadau ar Broblem Natur yr Hunan', *Efrydiau Athronyddol* [Gwasg Prifysgol Cymru, 1938].
'Cristnogaeth a Democratiaeth', *Y Traethodydd, Ebrill 1943* [Llyfrfa'r Methodistiaid Calfinaidd].
'Heibio i Degwch', *Y Traethodydd, Ebrill 1949* [ibid.].
'Ein Hamseroedd a Gerddasant', *Y Drysorfa Fawr, Ionawr 1956* [ibid.].
'Love as the Perception of Meaning', *Religion and Understanding*, gol. Dewi Z. Phillips [Blackwell, 1967].
'Gwirionedd ac Ystyr', *Saith Ysgrif ar Grefydd*, gol. Dewi Z. Phillips [Gwasg Gee, 1967].
'Gwerthoedd Cenedl', *Dan Sylw*, gol. Gwyn Erfyl, [Llyfrau'r Dryw/HTV, 1971].
'Cristnogaeth a Chenedlaetholdeb', pamffledyn [Gwasg John Penri (heb ddyddiad)].
'Pa Ragoriaeth?', *Y Traethodydd, Ionawr 1951* [Llyfrfa'r Methodistiaid Calfinaidd].
'Noddfa'n yr Archoll', *Y Traethodydd, Gorffennaf 1962* [ibid.].

(ii) *Astudiaethau o Weithiau J. R. Jones.*

Diwinyddiaeth J. R. Jones (Darlith Goffa), Pennar Davies [Coleg Brifysgol, Abertawe, 1978].
J.R. a'r Mannau Dirgel, Gwyn Erfyl [ibid.,1989].
Glendid Dannedd a Bratiau Budron, Derec Llwyd Morgan [ibid., 1992].
'Athroniaeth J. R. Jones' ('Y Gymdogaeth Ddynol', Dewi Z. Phillips; 'Cyfaredd "Y Cyfan" ym meddwl J. R. Jones', Pennar Davies; 'Cenedlaetholdeb J. R. Jones', R. Tudur Jones; 'Y Syniad o Berson yn Athroniaeth J. R. Jones', Meirlys Lewis; 'Rhai Agweddau ar Grefydd a Chymdeithas

YR ATHRO J. R. JONES

yn hanner cyntaf y Ganrif ddiwethaf', Ieuan Gwynedd Jones.), *Efrydiau Athronyddol 1971* [Gwasg Prifysgol Cymru].

'O Fewn y Ffrâm', Gwyn Erfyl, 'Holi, "Pa Yfory Fydd",' Emyr Llywelyn, *Cofio J. R. Jones* [Gwasg Cyngor Sir Gwynedd, Caernarfon, 1990].

'Gwirionedd, Ystyr a Chrefydd', Dewi Z. Phillips, *Diwinyddiaeth 1969* [Adran Ddiwinyddol Urdd y Graddedigion].

'Yr Argyfwng Gwacter Ystyr', Dewi Z. Phillips, *Y Traethodydd, Ebrill 1965* [Gwasg Pantycelyn].

'Pam Achub Iaith?', Dewi Z. Phillips, *Efrydiau Athronyddol 1993* [Gwasg Prifysgol Cymru].

'Cyfraniad J. R. Jones', E. R. Lloyd-Jones, *Y Traethodydd, Ionawr 1973* [Gwasg Pantycelyn].

Mered: Detholiad o Ysgrifau, gol. Ann Ffrancon a Geraint H. Jenkins ('Proffwyd Argyfwng' ac 'Anufudd-dod Dinesig') [Gomer, 1994].

J. R. Jones, Dewi Z. Phillips, 'Writers of Wales' [Gwasg Prifysgol Cymru, 1995]

(iii) *Gweithiau Perthnasol.*

Niebuhr, E. R. Lloyd-Jones, 'Cyfres y Meddwl Modern' [Gwasg Gee, 1989].

Gwinllan a Roddwyd, gol. Dewi Eirug Davies [Llandybïe, 1972].

Credaf (Cyfrol o Sgyrsiau yn seiliedig ar Gyfres Deledu a gynhyrchwyd ac a gyflwynwyd gan Gwyn Erfyl) [Hughes a'i Fab, 1985].